共和国故事

雪域通途

——青藏公路建成通车

张学亮　编写

🐚 吉林出版集团股份有限公司

图书在版编目（CIP）数据

雪域通途：青藏公路建成通车/张学亮编. —

长春：吉林出版集团股份有限公司，2009.12

（共和国故事）

ISBN 978-7-5463-1871-4

Ⅰ．①雪… Ⅱ．①张… Ⅲ．①纪实文学－中国－当代 Ⅳ．①I25

中国版本图书馆 CIP 数据核字（2009）第 237738 号

雪域通途——青藏公路建成通车

XUEYU TONGTU   QINGZANG GONGLU JIANCHENG TONGCHE

编写   张学亮

责任编辑   祖航　李婷婷

出版发行   吉林出版集团股份有限公司

印刷   三河市嵩川印刷有限公司

版次   2010 年 1 月第 1 版　　　　2022 年 1 月第 8 次印刷

开本   710mm×1000mm   1/16　　　印张   8　字数   69 千

书号   ISBN 978-7-5463-1871-4　　　定价   29.80 元

社址   吉林省长春市福祉大路 5788 号

电话   0431－81629968

电子邮箱   tuzi8818@126.com

版权所有   翻印必究

如有印装质量问题，请寄本社退换

前　言

　　自 1949 年 10 月 1 日中华人民共和国成立至今,新中国已走过了 60 年的风雨历程。历史是一面镜子,我们可以从多视角、多侧面对其进行解读。然而有一点是可以肯定的,那就是,半个多世纪以来,在中国共产党的领导下,中国的政治、经济、军事、外交、文化、教育、科技、社会、民生等领域,都发生了深刻的变化,中国人民站起来了,中华民族已屹立于世界民族之林。

　　60 年是短暂的,但这 60 年带给中国的却是极不平凡的。60 年的神州大地经历了沧桑巨变。从开国大典到 60 年国庆盛典,从经济战线上的三大战役到经济总量居世界第三位,从对农业、手工业、资本主义工商业的三大改造到社会主义市场经济体制的基本确立,从宜将剩勇追穷寇到建立了强大的国防军,从废除一切不平等条约到独立自主的和平外交政策,从"双百"方针到体制改革后的文化事业欣欣向荣,从扫除文盲到实施科教兴国战略建设新型国家,从翻身解放到实现小康社会,凡此种种,中国人民在每个领域无不留下发展的足迹,写就不朽的诗篇。

　　60 年的时间在历史的长河中可谓沧海一粟。其间究竟发生了些什么,怎样发生的,过程怎样,结果如何,却非人人都清楚知道的。对此,亲身经历者或可鲜活如昨,但对后来者来说却可能只是一个概念,对某段历史的记忆影像或不存在,或是模糊的。基于此,为了让年轻人,特别是青少年永远铭记共和国这段不朽的历史,我们推出了这套《共和国故事》。

《共和国故事》虽为故事,但却与戏说无关,我们不过是想借助通俗、富于感染力的文字记录这段历史。在丛书的谋篇布局上,我们尽量选取各个时代具有代表性或深具普遍意义的若干事件加以叙述,使其能反映共和国发展的全景和脉络。为了使题目的设置不至于因大而空,我们着眼于每一重大历史事件的缘起、过程、结局、时间、地点、人物等,抓住点滴和些许小事,力求通透。

历史是复杂的,事态的发展因素也是多方面的。由于叙述者的视角、文化构成不同,对事件的认知或有不足,但这不会影响我们对整个历史事件的判断和思考,至于它能否清晰地表达出我们编辑这套书的本意,那只能交给读者去评判了。

这套丛书可谓是一部书写红色记忆的读物,它对于了解共和国的历史、中国共产党的英明领导和中国人民的伟大实践都是不可或缺的。同时,这套丛书又是一套普及性读物,既针对重点阅读人群,也适宜在全民中推广。相信它必将在我国开展的全民阅读活动中发挥大的作用,成为装备中小学图书馆、农家书屋、社区书屋、机关及企事业单位职工图书室、连队图书室等的重点选择对象。

编　者
2010 年 1 月

目 录

一、 中央决策与规划

● 党中央和毛泽东指示进藏的中国人民解放军和工作人员，为了帮助西藏民族政治、经济和文化事业的发展，应当"一面进军，一面建设"。

● 彭德怀对慕生忠说："这里还是一片空白，从长远看，非有一条交通大动脉不可嘛！"

慕生忠提议修建青藏公路

1951 年 8 月，慕生忠出任西北局西藏工委组织部部长兼西北进藏支队政委，与西北进藏支队司令员范明率领官兵 1663 人，赶着 2 万多头背驮物资的牲畜，队伍绵延 150 多公里，经过 4 个月的艰苦跋涉，才到拉萨。

那一次进藏，他们第一天就损失了 20 多人，骡马损失了几百匹，加上有些骡马啃吃了有毒的草，中毒死亡了近千匹。他们足足花了半个多月，才走出了那一小段的路程。

紧接着，他们到通天河又遇到困难。在过通天河的时候，他们用骆驼带着皮筏子，人坐到那上边，一部分一部分过去。通天河要是没有涨水时候，坐着船就可以过去。但是那时候正值通天河涨水，结果牛皮筏子就翻了。筏子上的人，还有 1000 多峰骆驼都掉下水了。

大家来到了白雪皑皑的唐古拉山。在海拔 5000 多米的高山上，缺氧又夺去了一批人员和牲口的生命。

这让慕生忠不得不考虑是否能走另外的路。

当时，党中央和毛泽东指示所有进藏的中国人民解放军和工作人员：

为了帮助西藏民族政治、经济和文化事业

的发展，应当"一面进军，一面建设"。

西北军区副政委甘泗淇则更具体地指出：

要做将来在青藏高原上修一条公路的准备。

1951 年 12 月，党中央决定成立统一领导的中国共产党西藏工作委员会（简称"西藏工委"），张经武为书记，张国华、谭冠三、范明分别任第一、第二、第三副书记，慕生忠任工委常委兼组织部部长。

西北军政委员会交通部当时也专派出一位公路工程师邓郁清。

邓郁清是南方人，但他的一生却几度在中国西部的公路建设中沉浮。

邓郁清从福建工业专科学校公路专业毕业后，曾参加过国民党修建的从西宁到玉树的所谓"青藏公路"。此次工程中，他的一只眼睛被碎石炸坏。

然而，邓郁清感到，更沉重的伤害是国民党政府、军阀马步芳昏庸腐败所造成的公路废弃殆尽的绝望和颓废。

1953 年底，为了解决驻扎西藏数万军民所面临的缺粮困境，中央责成西北局负责组建西藏运输总队，总部设在青海的香日德。有关领导点名要时任西藏工委组织部部长的慕生忠担任政委。慕生忠当时正在北京准备调动工作。

这是慕生忠第二次进西藏。

慕生忠到西藏一看，运输总队其实是一支骆驼运输队，这支运输队只是由从甘肃、宁夏、内蒙古等地收购来的2.8万峰骆驼组成的。

据说当时全国的骆驼总量也不过是20万峰，这近3万峰的役驼可不是个小数字了。运输总队把这些骆驼与驼工们编成队，每头骆驼驮上150公斤左右的面粉，分头向西藏进发。

按照最初的部署，运粮队准备采用1951年解放军进藏时的路线。

这是一条传统的路线，从青海香日德向南翻过昆仑山支脉巴隆，进入黄河源头曲麻莱地区，渡过通天河，翻越唐古拉山，穿过玉树、丁青，然后到达藏北重镇那曲。

这条路的走向和1300年前唐蕃古道大致相同，并且在新中国成立以后，已有两支队伍由此进入西藏，大家好像看到了希望。

但是，慕生忠深知，这条路上必经的黄河源头地区有着大量的泥沼地带，此处的通天河天险浪急水大，极不适宜大部队行进。1951年解放军进藏时，就曾因此造成极惨重的损失。

2.8万峰从全国各地征集来的骆驼，带着鲜为人知的使命，浩浩荡荡地向着冰川、向着戈壁、向着荒漠进发了。

这支悲壮的驼队运 200 万公斤粮食到拉萨，沿途平均每 500 米就倒下一头牲畜，可见路途之艰险。1 年零 3 个月下来，近 3 万峰骆驼死亡十之八九。

1954 年初，驼工们陆陆续续返回了香日德。他们去时牵着骆驼，回来时却两手空空：由于高原上恶劣的气候环境，这批进藏骆驼大队损失惨重，2.8 万峰骆驼几乎"全军覆没"！

慕生忠目睹了进藏部队物资的极度缺乏，目睹了骆驼运输总队的惨重损失，十分痛心。

慕生忠利用一次到北京开会的机会，带着秘书、警卫员和 1 名向导，从拉萨出发，沿着正在修筑的康藏公路进行了实地考察。

他们历时 40 多天，走完了康藏线全程。

他们发现，康藏公路沿线的自然条件十分恶劣，雪崩、泥石流、塌方等事故经常发生。就是一场小雪，经风一吹也会形成雪堆。

慕生忠一路上看到了这些情况，认为从康藏线上修公路进藏的困难太多，而且就算修成了，也难以保障运输的畅通。

慕生忠当时就想：仅仅靠骆驼来运送进藏物资根本不是长久之计，要想解决西藏运输的困难，就非得修路不可。既然康藏线修公路困难重重，那么从西北开辟一条入藏公路如何呢？

这时，慕生忠听当地驼工讲，还有一条土质坚硬、极少沼泽、河床平浅的路线。这条路线是由香日德西行至格尔木，再折向南行，沿雪山边缘，越过昆仑山和唐古拉山，经那曲去拉萨。

慕生忠详细地察看了这条旧路。这同样是条被岁月尘封了的古道，曾是七世吐蕃王北上安西的和亲之路。然而，它却隐藏在被外国人称为"生命禁区"的高海拔地带，是否能够走得通，是否真正存在，大家心中都没有底。走这样一条新路，能否使人困马乏的运粮队伍获得意想不到的新生呢？大家都在心中祈祷着，希望这神奇的古道能够焕发出生命的活力。

在这关联千秋的重要时刻，慕生忠决定："放弃旧路，改走新线!"

慕生忠的这一想法和副政委任启明等人的不谋而合。于是慕生忠先后派出两批人，用木轮大车和胶轮马车向藏北重镇那曲出发探路。

慕生忠则前往北京，为修建青藏公路筹集资金与物资。

慕生忠将以上情况及时地向党中央和国务院做了汇报，并对修路提出如下建议：

一、青藏高原，地势平缓，施工比较容易；

二、地图上的红线，在黄河源以上，也在长江三大源流的上部，河水较浅，易于徒涉；

三、高寒风大，无大雪封山之忧；

四、冰冻层厚，无塌方和翻浆之患；

五、气候寒冷无雪崩，也无冰川流动和泥石流等情况。

上述 5 条建议，恐有不当之处，拟以马拉大车再作一次试探。

彭德怀支持修建青藏公路

1954 年，慕生忠来到北京，由于对国家机关的分工并不熟悉，便先找到国家民委主任李维汉。

李维汉听了慕生忠的来意后，说修路的事归交通部管，便派人领路让慕生忠去找交通部。

慕生忠见到交通部公路局局长后，便径直提出要在青藏高原修一条公路，请交通部在经费上给予支持。

公路局长大吃一惊："在青藏高原修公路？这是件大事，我们作为主管部门，从来没有安排这项工程呀！"

慕生忠说："所以我才来要求的呀！"

"你是代表西藏工委来的吗？"

"不，我代表我个人！"

公路局长感到不可思议，因为这不符合正常程序，而且没有进行可行性论证。他冷静地对慕生忠说："同志，我们国家的建设刚刚起步，到处需要钱。抗美援朝战争打了 3 年，国家花了不少钱。现在康藏公路已修了几年，投进去多少亿还没见名堂。你要求修青藏公路不但国家第一个五年计划不能安排，第二个五年计划也安排不上。"

在交通部立项的事情，自然也不了了之。

最后，慕生忠找到了刚从朝鲜战场归来的彭德怀。

彭德怀在第一野战军担任司令员时，慕生忠是第一野战军的民运部长。

　　在此之前，慕生忠刚刚收到前往黑河探路的任启明的一封电报。电报上写着：

　　　　青藏高原远看是山，近看是川。山多坡度平，河多水不深，一般不用架桥。1000 多人，用半年左右时间，修一条简易公路是可能的！

　　原来，探路队经过考察，发现青藏高原虽然海拔高，可是群山之间高度差小，坡度也相对缓和。

　　此外，高原上虽然河流密布，但是河床很浅。在这种条件下，修建青藏公路的可行性还是很大的。

　　慕生忠拿到电报，兴奋得一夜没睡觉，心里更有了底儿。

　　于是，慕生忠在彭德怀面前，详细地陈述了自己的想法：一条青藏线，可以分成几段修，先修格尔木至可可西里的 300 公里是完全没有问题的。

　　彭德怀听完慕生忠的汇报，慢慢地踱步至挂在墙上的中国地图前。

　　其实，早在 1950 年 4 月至 5 月间，彭德怀就曾风尘仆仆地来到青藏高原视察，亲自勘察进军西藏的路线，确定了由青海入藏和修筑青藏公路，并组织以军队为主的人力、物力开赴工地进行施工。

后来，彭德怀奔赴朝鲜战场，仍在关心着那里的交通建设，特意把朝鲜在这方面的经验介绍回来供参考。

所以，慕生忠提出修筑青藏公路的想法与彭德怀的想法不谋而合。

1952年，从朝鲜回国后，彭德怀接替周恩来主持中央军委日常工作。

彭德怀作为一名军人，深知在青藏高原修路的意义绝非是给西藏运送几袋粮食。从祖国腹地建成一条伸向西南、西北边防的公路，这在战略上该会有多么重大的意义！

彭德怀慢慢抬起手，突然从敦煌一下划到西藏南部，对慕生忠说：

这里还是一片空白，从长远看，非有一条交通大动脉不可嘛！

彭德怀高瞻远瞩，从战略高度上肯定了修建青藏公路的必要性。彭德怀下决心要修好青藏公路，不只是作为一条军事要道，更重要的是，他认为这是一条联结兄弟民族的团结之路，是民族间心连心的纽带。

慕生忠此刻仿佛领悟到了什么。

于是，敦煌这个丝绸之路上的重镇，就这样和他原先的修路计划连接到了一起。

当日，彭德怀留下慕生忠在家里吃饭，并用苏联军事代表团送给自己的洋酒招待了他。

临别前，彭德怀要慕生忠写个修路报告，再由他转交给周恩来。

后来，西藏工委书记张国华和副书记范明签发了修筑青藏公路的第一份报告。

报告中写道：

根据慕生忠同志报告，发现由青海香日德经噶尔穆、霍霍西里、三道梁子、聂荣宗到黑河，道路平坦，大车已顺利到达聂荣宗。经报告军委，原则上准予同意修筑此公路。

周恩来详细询问了情况以后，说：

青藏公路要修，它如人的手背，平坦易为，而且斩不断，炸不烂，非常保险。要急修，先粗通，然后再改善。康藏公路要修，但它如人手的五指，横断山脉，断一处就不能通车。为了战略上的需要，青藏、康藏两条公路并修。平时两条路都通车，万一断了一条，我们还有一条，修复断了一条时，另一条还可支援。

中财委根据周恩来指示，通知交通部从 1954 年预备费中拨出 30 亿元，用来修筑青藏公路格尔木至霍霍西里

中央决策与规划

段，并指明当年只能用30亿元，不得增加，在此经费内能修到哪里就修到哪里。

修路报告批下来以后，彭德怀把慕生忠叫到办公室，告诉他："总理已把你的报告批准了，下面的戏就该你唱了。"

按照当时修建公路的最低标准，这30亿元充其量能修5公里，虽是杯水车薪，但对慕生忠来说也是弥足珍贵了。

在充分听取了工程技术人员的意见后，彭德怀亲自确定了青藏公路的入藏线路，并确定以解放军为主修路。

慕生忠已经很满足了，但是他还是向彭德怀试探道："能不能再给10辆卡车和10个工兵。再拨些工具。"

彭德怀干脆地说："行！都由西北军区给你解决。工具给你1200把镐、1200把锹、3000公斤炸药。另外，再给你一辆吉普车，你总得跑路嘛！"

慕生忠高兴地说："太感谢首长了！"

彭德怀后来又从西北军区抽调了大量军力和物力投入此项工作。

以后，慕生忠每次提起彭德怀，总会这么说：

没有彭老总，就没有青藏公路！

党中央决定修建青藏公路

在新中国成立之初，党中央和毛泽东就十分关心并积极谋划从青海修筑一条入藏公路。

1949 年 2 月，毛泽东在西柏坡会见来访的苏共中央政治局委员米高扬时说：

> 大陆的事情比较好办，把军队开去就行了；西藏问题也并不难解决，只是不能太快，不能过于鲁莽。这主要是基于两个方面的考虑：一、交通困难，大军不便行动，给养供应麻烦比较多；二、民族问题复杂，尤其是在受宗教控制的地区……不应操之过急。西藏的问题比较特殊和复杂。

早在新中国成立前夕，毛泽东就多次致电彭德怀、邓小平、刘伯承，部署进军西藏。中共中央已把解决西藏问题列入议事日程。

西藏地区民族众多，曾有人给毛泽东举了个很形象的例子：有一次日喀则地区开会，各县穿各自的服装，结果是十几个县，一个县一个样。

1949 年 8 月 6 日，毛泽东致电彭德怀说：

听说班禅到了兰州，打兰州时要特别注意尊重、保护班禅和甘、青两省的藏族人，为解决西藏问题做准备。

10月13日，毛泽东就西南、西北作战部署致电彭德怀：

经营云贵川康及西藏的总兵力为二野全军及十八兵团，共约60万人。西南局的分工是邓、刘、贺分任第一、第二、第三书记，贺为军区司令员，邓为政治委员，刘为西南军政委员会主任。

毛泽东把解决西藏问题的任务明确交给了中国人民解放军第二野战军。

西北战事结束，新疆已和平解放后，毛泽东要求西北局负责解放西藏，西南局从旁协助。

1949年11月23日，毛泽东在致彭德怀的电报中指出：

由青海去西藏的道路据有些人说，平坦好走。

彭德怀随即派人调查了解自青海、新疆入藏的情况。

调查的结果是，从青海、新疆入藏困难很大，一年有8个月大雪封山，难以克服。如果入藏任务归西北军区担任，要完成入藏准备，就需要两年。

彭德怀立即将这些情况报告给了中央并毛泽东。

毛泽东基于国内外形势的变化，此时对解决西藏问题已有了新的考虑，从"暂缓"转向"宜早不宜迟"。

毛泽东接到彭德怀的电报时，正在苏联访问，他立即于1950年1月2日从莫斯科致电中共中央、彭德怀并转邓小平、刘伯承、贺龙：

> 由青海及新疆向西藏进军，既有很大困难，则向西藏进军及经营西藏的任务应确定由西南局担负……应当争取于今年5月中旬开始向西藏进军，于10月以前占领全藏。

毛泽东在这封电报中还特别提道：

> 西藏人口虽不多，但国际地位极重要，我们必须占领，并改造为人民民主的西藏……进军及经营西藏的任务是我党光荣而艰苦的任务……入藏军队可定为3年一换，以励士气。

毛泽东最后要求西南局确定入藏的部队及领导经营

西藏的负责干部。他还对西南局组织进军西藏的各项准备工作，提出了具体意见。

为此，以邓小平为第一书记的西南局报请中央批准，成立中共西藏工作委员会，张国华为书记，谭冠三为副书记，王其梅、昌炳桂、陈明义、刘振国、天宝为委员，统筹经营西藏工作。

邓小平领命解放西藏的任务后，召集了很多民族问题专家，商议解放西藏的办法。

西南局在接到电报的当天即在重庆召开会议，制订入藏计划，决定入藏部队。

1950年春天，中国人民解放军为和平解放西藏，分别从四川、西北、新疆和云南4个方向进军拉萨。

1950年12月9日，西南军区给中央军委的电报中提出：

> 从玉树经黑河到拉萨线，比较从昌都经三十九族、大昭到拉萨要易修筑，因前者是高原脊背较平。据报，后者则山大河多，困难特多……目前只修通甘孜到昌都段或者再稍向前修一段是可以的。

成都战役结束后，十八军五十二师奉命作为进藏先遣部队，由师长率1个团先开往西康的甘孜，在那里建进军基地，并为后续大部队掩护和参加修筑公路，调查社会情况，做统战和群众工作。

当时，帝国主义势力胁迫西藏上层，企图把解放军挤出西藏。

1951年两路进藏部队共约3万多人，每天仅粮食就要消耗四五万公斤。而中央对进藏部队有明确规定：进军西藏，不吃地方。用牲口驮运的那一点儿粮食真不够吃多少时间的。

当时有人算了一下：供1个人1年的吃用，需要3峰骆驼，来回要用多半年的时间。为此，吃用都出现了极度紧张的情况，最困难时每人每天4两面都难以保证。

再加上当时西藏一小撮上层反动分子一心想赶走汉人，千方百计阻挠藏民向部队出售粮食和物资，致使1个银元只能买作为燃料的8斤牛粪，烧1壶开水就要花4个银元。1千克咸盐要16个银元，而1斤银子只能买到1公斤面。

由于买不到粮食、盐巴和燃料，西藏驻军和党政机关的3万多人面临着断粮的危险。

当时唯一的一条从四川雅安出发的运粮路线，往返3000多公里，1年才能走个来回。

1951年1月4日，毛泽东在电报上加批语给周恩来和聂荣臻代总参谋长：

> 照西南意见，玉树、黑河、拉萨线公路较易修，而西南则是修甘孜、昌都线，以西不修。

请再研究，是否令西北负责修玉树、黑河、拉萨公路？

同一天，毛泽东又在西北军区第一副司令员张宗逊关于减派骑兵入藏问题给军委的电报上，给周恩来、聂荣臻批语：

修路是否有经费，如无修至日喀则的经费，可否西北修至玉树至黑河公路。

1951 年 1 月 31 日，周恩来指示西北军政委员会调查青藏线：

沿路情况，查明哪条路线最好修，全线有多长，需多少人工和材料，要花多少时间等。

1951 年 6 月，中央政府赴藏代表、西藏工委书记张经武从北京前往西藏，他先绕道广州、香港、新加坡、印度，然后骑马翻山越岭，历时 1 个多月才抵达西藏亚东县。

当时的情况很紧急，不送粮，进藏的那批人就会断粮。当时反动分子就是想饿走解放军，所以中央军委指示慕生忠要紧急组织队伍运物资到西藏。为了解决进藏部队的生存问题，中央决定不惜一切代价从西北运粮。

1954 年，慕生忠提议修筑青藏公路，很快就得到了中央的批准。

"青藏公路"的名称开始于抗日战争时期。当时的路线是西宁—湟源—共和—兴海—玛多—称多—结古。

这条公路早在 1927 年已开始分段草修。当时先修建西宁至湟源段，路线沿西宁西川南岸至西石峡东口跨河再沿北岸至湟源。

1929 年，沿西宁西川北岸，东起西宁西郊小桥，西至扎麻隆另建公路一条，南岸专行马车，并修通湟源至哈拉库图段。

1932 年，修至兴海大河坝。

1943 年 7 月，该公路修至玛多黄河沿。

1944 年 9 月底，修至玉树结古。

公路全线 872 公里。

1944 年 10 月，当时的"青藏公路"举行试通车仪式。抗日战争胜利后，这段公路便不被当局所重视，由于财力不济，高原冻土地带施工技术问题无法解决，致使许多地区的工程达不到设计标准，再加上雨雪冲蚀、无人养护等原因，许多地段已无法行车，因此试通车后并没有正式通过车。

1950 年，中国人民解放军组织近 6000 人的筑路队伍，抢修西宁至玉树公路的西宁至玛多黄河沿。

1953 年、1954 年，部队也参加了施工。

1954 年 12 月 5 日，西宁至玉树公路正式通车。

但当时公路并没有修至西藏，这条公路不算是名副其实的青藏公路。

1953年11月，西藏运输总队组建了两个探路队，历时两个月，探明了格尔木至拉萨路线的地理状况，为修筑青藏公路提供了决策依据。

西藏地区粮食供应十分紧张，西藏运输总队的运粮骆驼死亡近60%，通过畜力运输粮食十分困难，这就更加坚定了中央快修青藏公路的决心。

二、 线路勘测与设计

- 军委领导指示慕生忠说："对于踏勘任务，一定要严肃、负责、认真。"

- 任启明说："带大车探路也是形势逼出来的，是别开生面的探路法。"

- 邓郁清对慕生忠说："你该往哪里去就往哪里去吧，我一定要同测量队在一起。我的主要任务应该是定线，这是关键。"

中央决定勘测入藏路线

《关于和平解放西藏办法的协议》在京签订后，毛泽东于 1951 年 5 月 25 日发布向西藏进军修路的训令。

毛泽东责成西北军区负责修筑西宁—黄河沿—玉树—囊谦—类乌齐—丁青公路；并派人对敦煌—柴达木—黑河—拉萨线进行实地勘测，该线定为对西藏将来油料补给的预定线路。

西北军区遵照毛泽东的训令，于 5 月底部署了勘测修建入藏线路的任务。

以青海省军区为主，吸收青海省党政机关、西北交通部、军区后勤部组织青藏公路修筑委员会，其部署如下：

一、首先保证西宁—黄河沿的公路运输畅通；

二、即着手准备于 1952 年春开工修建玉树—黄河沿，可能时向囊谦延伸；

三、组织勘测队实地勘测玉树—囊谦—类乌齐—丁青线，提出修路计划，所需技术人员由西北交通部派遣；

四、由一军调查柴达木—唐古拉—黑河—

拉萨线路情况，准备勘测工作。第三军组织一个勘测队，实地勘测敦煌—格尔木线，提出修筑计划。

1951年8月10日，西北军区进藏部队十八军独立支队奉命从兰州出发。从兰州乘汽车到柴达木盆地东南边缘的香日德后，没有公路了，他们就改为骑马和步行进藏。

西北军政委员会交通部派工程师邓郁清和刘述祖、谭思聪两名部队的测量员，随军担任公路勘测工作。

勘测队从香日德开始，经过考里、伊克光、哈图、诺木岗、星宿海、蒙哥托拉哈、黄河沿、通天河、亚克松、果由拉、藏青玛进入西藏境内的聂荣宗，再经黑河、拉隆尕木、旁多、林周，于12月1日到达拉萨。

路线方位基本上从东北走向西南，穿越青海中南部的水草泥沼地带。

1952年夏，邓郁清在答复穰明德探询勘测西北路线情况的电报中说：沿线约有三分之二的地段是沼泽地带，是筑路的最大障碍，且缺乏砂石、木材等筑路材料，施工困难。建议在没有勘测比较线之前，此线不采用。

1952年秋，邓郁清返回兰州前，张经武在拉萨对他交代："我们远离后方，粮食供应十分困难。少数分裂分子要发动叛乱，妄图利用我们的困难，逼我们退出西藏。从西南用牦牛，从西北用骆驼运粮到拉萨，一年只能往返一趟，其运费加损耗，1 斤粮食比 1 斤银子还贵。你们随军由青海进藏勘测的路线，由于地质不良等原因，不能从那里修路，如能避过泥沼水草地，相信不难找到一条理想的路线。"

张经武并请西北交通部再派勘测队踏勘公路。

1952 年 12 月，穰明德在重庆对邓郁清说："康藏公路工程艰险，进度慢，也想到从西北进藏的路线。接到你的复电认为泥沼草地的翻浆比开石方还要艰巨，只好硬着头皮先修康藏公路。"

西南军区副司令员李达在重庆接见邓郁清时，以严肃的态度对他说：

"你是搞公路建设的工程师，去年骑马从西北进藏，担任公路勘察，今年又从拉萨骑马到昌都，经过康藏公路到重庆，两条路线的情况你都亲眼看到了。

"康藏公路虽然已经通车昌都，但前面的路程还很远，工程更艰巨。从国防安全着想，应该从西北修一条公路入藏，那是从我国腹地伸向西南边疆最保险的大动脉，任何敌人都破坏不了。

"我不相信那样辽阔的大草原就找不出一条理想的公路线。我们是管军队的，军事活动一刻也离不开交通。希望你回到西北以后，要代表西藏，代表我们军人，向西北交通部的部长呼吁，尽快从西北修一条公路入藏。"

邓郁清回到兰州后，向西北交通部做了汇报。当时，由于青藏高原地理环境特殊，西北交通部担心少数人活动有困难，未进行公路踏勘选线。

1952 年秋，西藏工委驼运总队接受了向西藏运送面粉和班禅行辕物资及进藏干部、眷属等任务。

他们向香日德的老百姓了解到，1949 年前有商贾、马帮由香日德西行至格尔木后，再折向南行，越昆仑山、唐古拉，经黑河去拉萨。

1951 年，有一股漏网的乌斯满部残匪通过此道逃窜进入西藏。于是，驼运总队经过请示批准走北路，取道柴达木到黑河。

1952 年 12 月 4 日，2623 峰骆驼编为 2 个大队、6 个中队和部分骡马、牦牛，驮运面粉、物资，由总队长张子霖、副总队长包麟率领，自香日德出发，于 1953 年 1 月 30 日到达聂荣宗，并于 1953 年 2 月 28 日返回柴达木。

驼运总队所说的北路，大体就是后来青藏公路的走向。

驼运总队在工作总结中提道：

> 道路平坦，沿途以我们单位过大，牲畜多，不无草少畜多之感。

驼运总队所走的路线基本避开了水草沼泽地带，但是这条线路并没有引起人们的关注。

1953 年 2 月 28 日，中共中央统战部部长李维汉主持会议研究青藏线路。政务院副秘书长、统战部副部长徐冰，交通部公路总局局长潘琪和西藏的张国华、范明等人参加。

当时大家仍然认为，邓郁清等人勘测的线路因泥沼太多，工程太大，不宜修筑，因此而被搁置下来，只是同意张国华、范明提出的另选青藏公路新线的意见。

西藏运输总队成立后承担了这项任务。

慕生忠安排勘测青藏公路

1953 年 8 月 21 日，王宝珊和慕生忠先派舒秋萍、王廷杰、刘玉生、张承绅探通了香日德至格尔木的路线。

10 月，运输总队开始往西藏运粮，基本上是沿西藏工委驼运总队的路线走向，也就是任启明由拉萨返回兰州时所走的路线，先后建立了格尔木、霍霍西里、三道梁 3 个转运站。

其实，早在慕生忠在北京接到运输总队政委的任命后，他就想：运输问题基本上是交通的问题，要是从西北向西藏把公路修筑成功了，那么运输的任务也自然就迎刃而解了。但又应该怎样才能修筑公路呢？

慕生忠又想，自己也不是公路专家，当前运输任务又非常紧迫，要修 2000 公里长的公路，还需要解决很多问题。

慕生忠经过一再考虑，觉得还是去实际踏勘一次才更有把握。他明智地想出：如果用和小型汽车一样宽的马拉车去走一次，只要马车能过去，那么修一条能走汽车的便道，就更可靠了。

慕生忠带着他这个简易可行的探路妙法，很兴奋地到军委提出了自己的计划。

军委领导们当即批准了慕生忠的计划，并给了他很多鼓励和详细的指示。原来慕生忠想用木轮大车，军委则指示他要用胶皮轮大车。

军委领导还确切地指示慕生忠说：

对于踏勘任务，一定要严肃、负责、认真。

慕生忠把这些指示的每一个字，都牢牢地记在了心里。

当邓郁清接到慕生忠再次修筑青藏公路的邀请时，他怎么也没有想到，要在世界屋脊上修路，竟然连一个正规的测量队和施工队都没有，就敢贸然施工。

邓郁清找到慕生忠谈了一晚上，当时任启明也在场。邓郁清反复强调，修一条公路，却只有一个工程师，他不敢相信这样的计划中央会批准，更不理解西藏的领导竟会同意只要一个工程师。

慕生忠看出了邓郁清的心思，便单刀直入地对邓郁清说："工程师同志，你在 1951 年进过西藏，对西藏的情况比较熟悉。现在我要提醒你注意一个问题，就是不要考虑个人得失，认为自己修了一辈子路，到这里来修一条不像样的公路，丢人。当前，我们迫切需要修出一条路来，否则我们在西藏的同志就会吃不上饭、穿不上衣。这是关系到西藏前途和国家安危的头等大事。试问还有什么比这更重要的呢？"

慕生忠停了一下，又接着说："我们这次修路是不合常规，不合基建程序的。但并非我们执意要那样做，而是形势所迫，时间不许可啊！如果我们按常规办，先踏勘后测设，然后经过审批再施工，这样一来，起码两三年都过去了，将会产生什么后果呢？我们不是想蛮干，也不是不相信科学，如果是那样，我们就不会同有关部门联系和函调你了。当按常规办事不能解决现实问题的时候，我们只能打破常规，去创造新的科学。"

邓郁清尽管听了慕生忠这些很有分量的话语，但他仍然反复强调一个道理：修路是一门科学，光靠蛮干是不行的。

邓郁清说："政委，你急于修路的心情我是理解的。对我个人来说，得失可以不顾，面子可以丢，但修路毕竟是一门科学，仅凭热情和干劲是不够的。不测量就施工，是没有把握的。"

可慕生忠却说："修路的事情就交给你了，6个施工队和1个测量队，全由外行领导。你是我们这里唯一的工程师，是责无旁贷的工程技术总负责人，在技术方面大家都会听你的安排。怎么能用最少的钱，最少的人力，你怎么在最短的时间内来修通它。如果你不愿意去，我也可以把你送回去的。"

这时任启明见气氛有些尴尬，就插话了："带大车探路也是形势逼出来的，是别开生面的探路法。"

任启明这句话引得3个人都大笑起来。

慕生忠见气氛有所缓和，就进一步对邓郁清说："郁清同志，你不是说过：得失可以不顾，面子可以丢吗？那就好，我们已经有了共同的思想基础，那就请接受组织交给你的重任吧！我只有一个要求，就是尽快修出一条'急造公路'来，技术上的事全由你做主，责任由我来承担。"

1953年8月，总队确定由任启明带领一支木轮大车队探路。1953年10月和12月，总队先后派出两个马拉大车队，从运输总队部所在地青海省香日德出发，向着遥远的西藏前行探路。

与此同时，慕生忠亲自率领驾驶员和工人们，去踏勘和补修香日德至格尔木340公里长的旧有公路。

1954年，青藏公路筑路总队任命，由慕生忠任政治委员、总指挥，任启明任副总指挥，邓郁清工程师负责勘察设计和技术指导。

慕生忠在勘测青藏公路之前，曾认真研究了西藏的道路发展历史：

旧时西藏的道路，多是自古以来人畜长期通行而自然形成的，路况极差。尤其是山区的羊肠小道和极为简陋的栈道、云梯，十分险峻，行走极其艰辛。

1930年出版的《西藏始末纪要》一书形容西藏的交通是"乱石纵横、人马路绝、艰险万状、不可名态"，可见前人行路的艰苦和修路之艰难。

公元7世纪初，松赞干布统一了西藏，建立起强大的吐蕃王朝。松赞干布雄才大略，十分重视学习借鉴中原以及毗邻区域的军事、经济、文化。他迎娶唐王室的文成公主入藏，拉开了汉藏两个伟大民族世纪交往、亲密合作的序幕。

634 年以后，交通活动增多，与毗邻区域特别是与中原地区的交往日益增多。吐蕃屡派使臣向唐朝入贡，请婚。唐王朝也遣使到吐蕃，往来不断。

元朝，西藏正式并入祖国的版图。元朝 3 次派大臣入藏清查户口，设立驿站及兵站，并对交通实施一定的管理。

明代洪武时设立乌斯藏都指挥使司驻拉萨统一管理西藏的事务。永乐五年（1407 年）明朝廷"命与护教、赞善二王，必里工瓦国师及必里、朵甘、隆答诸位、川藏诸族，复置驿站，通道往来"。在永乐十二年（1414 年），明朝廷又命杨三保往乌斯藏，"命与阐角、护教、赞善三王及川卜、川藏等共修驿站，诸未复者尽复之"，这时，主要有青海和四川通往西藏拉萨的道路。

仅在明朝弘治十二年（1499 年），由藏区前往北京的使者及朝贡人员就多达 2800 余人。

另据《清史稿》记载，康熙五十九年（1720 年），为抵御准噶尔军入侵，清政府派兵进藏，修建和改善了康定至拉萨的驿道。

1907 年，驻藏大臣张荫棠提出并经清政府采纳，赶修打箭炉—江孜—亚东的牛车道，以便进行商运，促进西藏的经济发展。

1910 年，驻藏大臣联络派藏汉官员查看了拉萨至昌都的道路情况，并报告清政府请将这段路修成"宽一丈五，能通牛车两辆为度"，但清王朝却无力实施。

通过研读，慕生忠发现，自己要修的青藏公路，竟然与松赞干布迎娶文成公主所走的路线大体一致。

任启明进藏勘测青藏公路

1953 年 11 月 15 日，任启明率领一批人用汽车沿着那条牺牲众多人和骆驼的路重新探一遍，看能否走车。

探路队总共约 30 人，由任启明主管全盘，齐至鲁负责行政事务。李德寿负责翻译兼警卫工作，他是青海藏族人，藏名叫顿珠才旦。

当时技术人员奇缺，青海省军区派来了两名军事测绘员，担任公路简易测绘工作。还有 20 多名赶骆驼的民工。探路队配备有 50 多峰骆驼、20 多头骡子、3 匹马、2 辆木轮大车和少量武器弹药，并载有几千斤粮食和部分医疗器械等物资。

他们从香日德出发，沿着柴达木盆地的南部边缘前进。300 多公里都是戈壁荒滩，人烟渺渺，偶尔可见红柳沙丘。

在新中国成立前，军阀马步芳曾在这一段地方修过简易公路。由于修建质量低劣，从不养护，大段大段的路基被砂石覆盖或被洪水冲毁，路形已难辨认。过格尔木以后，就没有公路了。

格尔木至黑河近 1000 公里。茫茫高原上，戈壁、沙滩、草地，没有人烟，骆驼队的行迹也很难辨认。

后来，他们发现沿途有倒毙的骆驼，凡有死骆驼的地方，总会招来成群的老鸦和秃鹫。这就给他们指明了前进的方向。当地有民谚说"天上老鸦叫，死驼当路标"，他们便远看老鸦，近找死驼，寻找着踪迹前进。

大家离开格尔木70公里到达昆仑山脚下。这里有一道深长峡谷，长约1公里，宽10来米，深30多米，深渊底下急流冲击，发出轰轰的巨大声响，使人感到惊心动魄。

峡谷两岸峭壁上仅有一条盘旋上下的羊肠小路，人畜可勉强通行，大车却难以通过。

驼工中有的会干石匠活儿，出发时，带了少许炸药。他们用了两天勘察峡谷的地形、选线、炸石修路，闯过了第一道难关。他们赶着大车继续沿着格尔木河迂回而上，登上昆仑山口，西行不几天就到楚玛尔河了。

大家了解到，楚玛尔河是长江三大源流的北支，距格尔木约230公里。这里是辽阔的霍霍西里，几百米宽的河床，分布着大大小小的沙洲，人和车马都要从冰上走过。

从霍霍西里到唐古拉垭口的数百里地带是广阔的亘古荒原。唐古拉山脉的山峰，自西向东，逶迤排列，看上去都不高，但是在雪线以上，全都被白雪覆盖着。

大家感到，冬季的高原，白天有阳光照射，还算暖和，晚上帐篷里气温骤降，皮大衣、衣裤，凡是能盖的东西都压在被子上，还是睡不热，估计气温在零下40多摄氏度。

但由于白天旅途疲劳，大家还是酣然入睡了。

第二天早上，任启明被冻醒了，他把头伸出被窝一看，帐篷已被风吹倒，人们都被大雪埋住了。他急忙叫醒大家，起来清除被子上的积雪，整顿好行装继续前进。

他们不但要走路，而且一面走还要一面做测量、记录、绘图等了解地形的工作，所以有很多地方他们就不只是顺着一条路直往前走，而是在有些地方要找出几条路来，然后选择一条比较好的路线走。他们实际上走过的路，要比后来公路的路线长得多了。

探路的人们有时走在盐碱遍地的滩里，白色的碱硝腐蚀着每个人的鞋袜；有时走在一片明镜似的冰场上，人和牲畜一抬脚就会摔跤；有时走在一片白茫茫的雪野里，白光刺得有些人患了雪盲症。

然而，能这样向前走就算万幸了，路上如果碰上各种悬崖陡壁或深沟等天然障碍，那就得费上不知多少汗水，才能一尺一寸地计算着前进的里程。有时大车得用人架着走，有时所有的东西都得卸下来由人背着走，有时人挽着绳子往上拉车，有时又得挽着绳子往下放车，有时得花整天的时间打冰挖雪，有时得用整夜的时间搬石垫土。

所以他们都说："这不是探路，这是探险。"

到了达布增河口的时候，他们遇见了 200 多米长的一段石崖，一面是陡立的峭壁，一面是无底的深谷，中间是一条狭窄的只有野羊才能走的斜坡，这怎么能过大车呢?

这些和山峦斗争有着丰富经验的人们,终于想出了一个"异想天开"的妙法:他们先人扶着人把东西一件一件地背过去,再把牲口一个一个地用绳子围起来,前后牵护着慢慢地送过去。然后又把大车的轮子拆下来,一只一只地扶着滚过去。最后用长绳子绑着大车的辋板和轮轴,9个人爬在石崖的顶上扯着绳子,前面再用人扶着车辕,后面的人护着车尾。于是大车像吊在空中一样,一步一步地吊过去了。

探路队下桃儿九,过安多,进入羌塘草原,又走了几天终于到达了聂荣宗。

任启明他们边走边绘制地图,历时 64 天,终于在 1954 年 1 月 23 日来到藏北重镇黑河。青藏公路终于探通了。

任启明即兴赋了一首诗:

怒江源头水悠悠,车到黑河方解忧。
迎风冒雪几千里,人生做事几春秋。

在这里,他们受到了中共黑河分工委的热情欢迎。

分工委副书记侯杰满怀激情地赞扬说:"你们历尽千辛万苦,不惧风雪严寒,牵着骆驼,赶着大车,探通了这条路线,还运来了面粉、物资,感谢探路队的全体同志!感谢西藏运输总队的领导和同志们!希望你们尽快地将情况向上级汇报，早日把公路修到拉萨。"

当时探路队给慕生忠发回了这样的电文：

　　青藏高原远看是山，近看是川，山多坡度平，河多水不深，一般不用架桥。1000 多人，用半年左右时间，修一条简易公路是可能的！

1953 年 12 月 9 日，在任启明率领的探路队出发后，运输总队又派王廷杰等人赶两辆胶轮马车，各载 1000 公斤物资，由香日德出发探路，大体也是沿任启明所探的路线行走，于 1954 年 2 月顺利地到达聂荣宗。

王廷杰和任启明所看到的情况大体相同。

1954 年 2 月 13 日下午，唐古拉山顶上的狂风吹得天昏地暗，沙子和雪粒卷在风里打得人不敢抬头。

王廷杰带着人困马乏的大车队在山顶上和风沙冰雪搏斗着前进。忽然，他们看见从对面来了一队人马，心里是既惊讶又紧张。

他们议论着："这是从哪里来的呢？"

"在这地方能碰见人可真不容易啊！"

双方都慢慢地走近了，慢慢地看清楚了。

啊！这原来是两支在高原上探路的大车队，正巧相遇在风雪交加的唐古拉山顶上。

任启明认出了王廷杰，王廷杰也同时认出了自己的老上级。两个人相隔 3 米多远，都站在那里兴奋得发愣。

好半天，任启明才激动地唱了一句京剧二黄腔："弟兄们，相会在——唐古拉山——"

人们跑上去互相拥抱着，跳着，喊着。

分别了多日的战友们站在这海拔5400多米高的山垭口上。罡风吹着他们火热的心，但他们忘记了寒冷和一切。他们只顾互相热烈地交谈着、鼓励着、安慰着。

经过这样两次史无前例的踏勘，所谓青藏高原上的秘密就都在筑路者面前暴露无遗了。他们认识到：青藏高原地区虽然是山岭重叠，但起伏不大，海拔高而落差小，所以实际地形相当平坦。在崇山峻岭之间，一定可以找出较低的山垭口通过。

这不像在平原地区，看见山一定要翻山，这里远远看见大山，但不一定要翻大山，而常是慢上慢下就走过去了。所以沿途盘道、弯道很少。他们还编了歌谣说："远看高山拦路，近前必有垭口。"

探路的人从这些实践中，慢慢地体会到了人们为什么历来只说"青藏高原"而不叫"青藏高山"的道理。

慕生忠根据他们这些经验，并经过以后在施工中长期的对证和研究，得出了在青藏高原上修路的四大有利条件：

一、海拔越高，地势相对越平坦。

二、河流越上源，不仅水量越小，而且流速越缓。

三、高原地面长期被水冲刷，所以石块、沙子很多。

四、地势太高，所以常年雨量极少。

　　勘测人员不但靠着他们自己非凡的劳动和智慧，在这神秘的高原上找到了一条得天独厚的公路线，而且还钻研出了这些理想的路线在科学上的根据。

邓郁清带队设计施工方案

1954 年，民工们开始修筑青藏公路时，邓郁清应慕生忠之邀，前来全面主持技术工作。

邓郁清经过那次与慕生忠、任启明的彻夜长谈之后，弄明白了，这条路一开始就与军人的使命和国家的命运紧紧联系在一起。西藏目前需要的不是一条等级公路，而是一条救命的通道！

邓郁清与慕生忠达成统一后，制订了切实可行的方案，即近期和长远相结合的分步筑路方案。先求粗通，在粗通的基础上，立即着手分期分段择要加以改善，并维护正常通车，最后再根据发展需要全面提高。

当时所谓的"粗通"，就是尽量争取在 1 年以内通车拉萨。"粗"是为了求快速，"通"是关键，是实质，必须在"通"字上狠下功夫，以能经受载重汽车行驶考验作为竣工验收标准，修而不通者必须返工。

为了达到"粗通"，邓郁清还制订了以下标准和要求：

关于路基工程，原则上不做大填挖，但车道 3 米以内必须填补夯坚实，有条件的地段应加 2.5 米沙砾路面。

路基的坡度一般不得大于 10%，平曲线半径不得小于 15 米。路基的宽度在平原和丘陵地带为 6 米，越岭线和傍山道可减为 4 米，但应尽量利用地形加修避车道。

凡跨越河流、溪沟，由于材料缺乏，尽量不修桥梁和涵洞，根据各种不同情况做特殊处理。非架不可的桥梁、涵洞，由工程师现场设计、指导施工。

由于炸药数量有限，开山工具不足，所以尽量避免石方工程。但是，为减少浪费，便于以后逐步提高，在选择线路时，必须从长远考虑。这就是说，除个别地段为了避免巨大石方工程有意绕道外，都要事先制订一个具体实施方案。

邓郁清制订这个标准和要求，对于没有设计图纸做依据就进行施工是十分必要的。不然各搞一套，只要一小段出了问题，就会影响正常通车。

邓郁清为了统一认识，要求将筑路方针迅速传达到全体人员，以调动一切积极因素，同时立即对已修路段进行一次全面检查。凡不符合规定要求的，责令原施工队负责返工。

在艾家沟修路时，由于没有仪器，弯度打不出来，他们只好边修边试。他们用架杆绑成汽车长宽的形状，用人抬着转着比弯度。

公路过楚玛尔河时，邓郁清和慕生忠赶上了测量队。这是一支由 6 名干部、2 名工人、1 名翻译、1 名炊事员组成的小分队，只有 2 顶帐篷、8 峰骆驼和几个皮卷尺。

邓郁清当时就对慕生忠说："你该往哪里去就往哪里去吧，我一定要同测量队在一起。我的主要任务应该是定线，这是关键。前面还有唐古拉等好多山，如果线定得不合适，那么汽车是爬不过去的。"

过了霍霍西里，测量队配备了两匹马，为勘路定线提供了方便。

过去有人说，在一般情况下，没有仪器，用花杆打直线是很准确的，可是，邓郁清在实践中体会到，如果是长距离则用花杆打直线往往打不直。这是由于每人在视觉上则都有习惯性的偏差，有的偏左，有的偏右。

邓郁清于是决定，在定线时先骑马往前走，在山头上做个方向标志再回来，用花杆子打一二百米后就不再往前看了；后面是 50 米一个桩，如果带的桩没有了，就在有石头的地方把桩号写上堆个堆，往后看 50 米后再定测。这样，用花杆定的直线就比较直了。

测量队撇下施工队往前赶以后，由于没有电台，无法同后面联系，邓郁清就采取用在土堆里埋信件的办法来交代工程施工设计。但这样一来，只有后面的人知道测量队的行程，而测量队却不知道后面的进展情况。

测量队刚踏上唐古拉山，气候就变了，大雪纷飞，下个不停，四处都积了膝盖深的雪。大家在海拔 5000 多米的山上行进、测量，渴了抓一把雪填进嘴里，饿了也是雪拌糌粑，每前进一步都不容易。

雪一直下了 4 天，测量队也就一直没有生火。第四天，测量队过了唐古拉山垭口，把帐篷搬到了山下面。

天渐渐黑下来了，邓郁清因为看线经过几个山头之后实在走不动了，下山时只能走一会儿就停下来休息一下。有一个工人在邓郁清前面等着他，他走工人就走，他停工人也停，后来，邓郁清觉得坚持不到帐篷了，就对这个工人说："同志，你先走吧。不要管我了。"

可是这个工人坚持要等他，他们又走了一会，工人忽然惊叫起来："工程师，看呀！我们的帐篷里往外冒烟了。"

邓郁清已经 4 天没有喝过一口开水了。一见帐篷冒烟，他们俩都高兴得不得了，劲头也上来了，很快到达了宿营地。

邓郁清一走进炊事员的帐篷，就一下就瘫倒在地上起不来了。邓郁清只听到测量队的队员们兴奋地说："今天好啦，有吃的了。"

原来，在这关键的时刻，炊事员把特意保存了很长时间的一个木桶拆了，烧火做饭。

大家喝着面糊汤，感觉这面糊汤比世上任何山珍海味都要美味得多。

测量队翻过唐古拉山，过了安多买马和申克里功山以后，带的粮食吃完了。大家都知道前面是藏北重镇黑河，但谁也不清楚还有多少路程。

邓郁清为了及早搞好测量，不影响施工，与大家商量决定，不派人到黑河运粮食，而把大家带的银元集中起来，向藏胞购买一些食物。

经过一番努力，翻译终于买来了 4 只大肥羊。

　　测量队就靠吃羊肉坚持了 10 天，终于到达了黑河。在那里，测量队受到了分工委领导的热情接待和大力支持。他们在黑河休整了 4 天后，又踏上了新的路程。

　　公路修完后，邓郁清说："青藏公路格尔木至拉萨段的修建，迫于当时的形势，没有按照常规和正规办事，总共用了 7 个月零几天时间，就和川藏公路一起同时胜利通车拉萨了。当然，还只能叫'粗通'。"

三、 公路修建与施工

● 慕生忠说:"我的帐篷搭在哪里,格尔木就在哪里!"

● 彭德怀对慕生忠说:"这次不用再给周总理打报告了,要钱、要人、要车可以在军费和军队里先解决。"

● 慕生忠一路都感慨地说:"我们在修筑青藏公路中,步步都得到胜利,也时时都感到温暖。"

寻找青藏公路起点格尔木

1953 年底西藏运输总队进藏运粮时，驼工们就发现在香日德以西 300 公里之处，有个叫噶尔穆的地方，从那里进昆仑山路比较好走，没有多少沼泽、盆地。

这个噶尔穆就是青藏公路的筑路大本营和青藏公路南线起点的大名鼎鼎的"格尔木"的前身。

修建青藏公路是以格尔木为转折点，分为东、南两线。

东线起自西宁，经湟源、香日德、诺木洪，到格尔木。

南线经纳赤台，跨过昆仑山、唐古拉山直下藏北大草原，经过那曲、羊八井，到西藏自治区的首府拉萨。

慕生忠领导修筑的青藏公路便是这南线近 1300 公里的公路。

根据驼工们提供的信息，慕生忠派张震寰带领几个得力的年轻人，拉着几头骆驼，去噶尔穆建立转运站。

1953 年 6 月，张震寰和赵建忠带了一个小分队，拉着几峰骆驼动身了。他们的任务就是寻找噶尔穆。

他们一路走走停停，看到有水的地方就在荒漠中等着或者去四处看看周围有没有牧民，他们见人就问："这是不是噶尔穆？"

一路上的少数民族牧民都不大懂普通话，就比画着告诉他们："大水，大水的地方就是。"

　　他们就这么糊里糊涂地往西走，傍晚走到一个地方，突然看到一片无边的芦苇，许多黄羊和野马在追逐着。他们还看到水边有一户哈萨克族人家，就上去问噶尔穆在哪儿。

　　牧民指指那水，但是他们沿着水的流向往南看，只看见一片望不尽的干涸而苍茫的荒漠。

　　张震寰派人回去告诉了慕生忠，并强调，他一点都不能肯定这就是噶尔穆，而且似乎根本看不到路。

　　但慕生忠还是领着大队随后来了。从香日德出发沿着骆驼的蹄印，边修路边行进，走走停停，经过 4 个昼夜，把汽车开到了那个据称是噶尔穆的地方。

　　他们沿着柴达木盆地向西走去，等到地势开阔平坦起来的时候，就停了下来，在茫茫的戈壁滩上扎下了 6 顶帐篷。

　　当时很多人在争论这里到底是不是那个噶尔穆，以及那条路到底存不存在。

　　慕生忠本来一语不发，后来就说了一句："帐篷驻在哪儿，哪儿就是噶尔穆。"然后转身走了。

　　年轻人为了防御野狼的袭击，又到十几公里外运回了沙柳，绕着帐篷垒起 2 米多高的围墙。他们给自己的城堡起了个名字，叫"柴火城"。

　　这便是格尔木最初的建筑。

后来，1200人组成的修路队伍拉到了格尔木，于是在柴火城的周围又冒出了近百个帐篷。

荒无人烟的格尔木日渐热闹起来，成为名副其实的大本营。

以后，每每有人问起慕生忠："慕政委，格尔木到底在哪里？"

慕生忠都会自豪地回答："我的帐篷搭在哪里，格尔木就在哪里！"

1954年4月，慕生忠从北京筹到了30亿元的修路款和物资后，兴冲冲地返回了格尔木，准备带领运输队的1200名驼工大干一场。

他带回来10辆大卡车。车上装的是一些物资，铁锹、畚箕、榔头等工具。最让大家觉得莫名其妙的是，车还有很多的杨柳苗。

慕生忠一下车，就开始招呼着大家在这里植树。看大家没反应，他一下子跳上车，并大声喊着："你们看，这是彭老总给我们的车。"

然后慕生忠又激动地说："你们知道吗，周总理和彭老总亲自批准我们修从这里到西藏的路。汽车不用喝水不用吃草，这条路平坦，车肯定可以走，修好路以后就不用再折腾骆驼，这里就当作总站，会成为一个城市的。你们想象一下那个样子，想象一下！"

当时慕生忠甚至认真眯上眼，想象沿着这条河会种上一排江南的杨柳，甚至还可以尝试种很多种花，会比其他地方漂亮上十倍。

可是在驼工中却流传着这样的说法："青藏高原上根本不能劳动，一干重活就会死人。"

于是队伍中有的人开始打算逃跑，一时间闹得队伍里人心惶惶。

慕生忠听说后，就将这些闹逃跑的人召集到一起，做思想工作。

慕生忠对他们说："青藏高原的确太苦，你们一定要回家，我也不强留了。我带着大家来运粮，粮运不过去，你们能走我却不能走。这样吧，大家临走之前，帮我开一天荒，往地里种点儿萝卜籽，我好留下来待命，也好自己养活自己，行不行啊？"

驼工们一听，这个要求合情合理，当然行啊。

于是第二天一大早，将近 100 名驼工来到荒滩上，挥起铁锹开荒。一天下来，开出了整整 27 亩荒地，但所有的驼工都安然无恙。

慕生忠这时就把这些人集合起来，他说："谁说青藏高原上不能干重活？大家开了一天荒，这活儿也不轻嘛。修路就跟开荒差不多，有什么可怕的？大家留下来跟我一起修路，这是历史上还没人干过的一项伟大事业。不平常的事业就是咱们这些平平常常的人干出来的。咱们要用自己的双手，在世界屋脊上开辟一条平坦的大道，在柴达木盆地建设一座美丽的花园。"

"一劳动就死人"的谣言就这样不攻自破了，而慕生忠所说的最后两句话，也成了两句口号，一直激励着建设青藏公路和格尔木的人。

工程一开始，正好碰上伊斯兰教的封斋期，当时第一工程队有70%的人是回民。

穆斯林在封斋期间，有1个月的时间白天不许进饮食，但如果这样，肯定会影响工程的进展。

按照上级的指示，是叫所有回民停工休息的。因为领导非常尊重穆斯林。

但是回族工人经过仔细讨论，向上级写了封请求书：

> 修公路是各族人民的大事，是祖国社会主义建设的大事。我们努力修路，就是表现我们爱祖国……我们全体愿意今年不举行长时间的封斋，我们要用实际的修路行动，来表示我们对教的忠诚……

领导虽然接到了回族工人们的请求书，但还是考虑到尊重兄弟民族，再一次和他们商量讨论。

最后回族工人们提出：举行一次礼拜，作为他们的封斋仪式。领导们同意了。这样，他们就算度过了封斋期。

举行仪式这一天，总队部专门给回族工人们放了一天假。回族兄弟们到工地旁边的山顶上，照着伊斯兰教的规矩，面向西南作了虔诚的礼拜和祷告，仪式就算结束。

公路修建与施工

修建从格尔木至雪水河段

刚出了格尔木不久，向南32公里处的昆仑山下，有个叫"艾家沟"的沟口。

大家站在格尔木向南望去，巍峨的昆仑山挡住了他们的视线。以远处看，这些连绵不断的山峰在阳光下显出一种焦黄而发红的颜色。透过天空的蒸汽，它们都仿佛在大家眼前不住地旋转着。

青藏公路就要从那些高悬的群山里穿过去。公路进口的地方就是艾家沟。

大家走近仔细看，艾家沟就是格尔木河从昆仑山里倾泻出来的地方，这里真像是一座昆仑山的天然大门一样，两岸尽是参差不齐的陡峭的悬崖，悬崖下面紧紧地夹着许多条湍急的流水，公路就必须从这个大门旁边的悬崖上爬过去。

这里的地质条件十分恶劣，刚出师不久的修路大军在这里遇到了困难。

大家看到，这里遍布着被西北人称为"燎焦石"的天然盐碛石。炸药对这种岩石发挥不了威力，只能靠人用十字镐狠劲儿地砸，才能一点儿一点儿挖开来。

慕生忠为了保证工程进度，组织了大会战。参加会战的3队人马各自铆足了劲儿，不甘落后。一日三餐是

盐水煮面疙瘩，队员们渴了就趴在河边喝一口带泥的雪水，每天劳动的时间长达 10 个小时，甚至夜幕降临后队员们也不愿意收工。

结果，他们比预定的日期提前了一个星期完成任务，队员们好不兴奋！

然而，过了艾家沟不久后，队员们被一种奇怪的病缠住了。他们轻者腿上生起一块块紫斑，重者整个腿部肿烂流脓。

看到这种情况，就连身经百战的慕生忠也傻了眼，逢人便问这是什么病症，可是谁也不知道这到底是什么病。

慕生忠心疼病号，叫山下运上来半汽车的萝卜给病号们尝口鲜。就是这半车的萝卜救了所有病号的命。

原来，工人们超强度的体力劳动再加上没有新鲜蔬菜，导致维生素缺乏，他们是得了败血症。

慕生忠感到，自己作为负责人，这次教训是沉痛的，他在作了深刻的反省后召集全体人员，郑重宣布："以后不再搞会战、竞赛一类的事情。"

慕生忠同时还定出十几条劳动生活纪律，如晚上睡觉枕头垫高，防止呼吸窒息；白天干活儿不能用力过猛；走路不准跑；休息时不准追打嬉闹等。

慕生忠还宣布，将艾家沟改名为"爱己沟"。

跨越了昆仑山、唐古拉山两大山系的南线，青藏公路平均海拔在 4000 米以上，这里河网密布，沼泽绵延不绝，年平均气温只有零下 5 摄氏度，永冻土层深达 120 米，空气中的含氧量也不足海平面的一半。

因为是高原，温差实在太大，中午热到汗流浃背，到晚上呼出的气还会结小冰碴子。因为天气冷，很多人都蒙着头睡觉，早上起来呼出的气附在被头上都结成冰碴子，一床被子有八九公斤重。

当时所谓的帐篷，也就是用几根木棍捆扎成人字架立起来，上面架上一根长木再盖上白布。到了晚上风大，那布四面透风，根本就是个摆设。

他们扎好帐篷，就把路上拣的那些牛马粪堆起来，然后用羊皮口袋做鼓风机吹风帮助点燃，上面架着一个大铁锅，从周围的阴洼地带挖来冰雪丢进锅里，等冰雪化成水，除去上面的草渣儿，就可以放炒面了。

当时的伙食主要就是炒面。不过在这样的荒漠上，粪便也是稀罕物，要是捡不到粪便烧火，大家就只好用雪水拌着炒面吃。

在这种恶劣的气候和环境中，在极度缺乏人力、物资的条件下修筑公路，真是一场极其艰苦的战斗。

1954 年 2 月 28 日 8 点，100 多辆十轮大卡车，满载着全副武装的工兵二团，经兰州黄河大铁桥，雄赳赳地向青藏高原进军。

当部队前进至昆仑山时，不少战士就产生了高原气候反应：头晕、头疼、呕吐。有的驾驶员也有反应，这对车上的战士来说，有很大的危险。

团长命令，下车徒步翻越昆仑山。

楚玛尔河是他们施工的起点。春天的楚玛尔河，冰还没有化完，有水有冰，要想过河，就得破冰。

连长带一排战士们，脱掉裤子，拿着十字镐、铁锹下水破冰探路。他们在冰水里拼搏了 40 多分钟，浑身上下全是水和碎冰碴，冻得上牙打下牙。

进了施工区，全团 1800 多人在一条线上作业，拉开 10 余里距离，每个连一段，谁完成得快谁就往前修。路没修通，汽车上不来，有些急需物资和生活用品就得随身带，天天行军，天天修路。

每个班有一个帆布油漆大帐篷，再加上全部武器弹药、工具、牛粪、干粮、水，每人都带 60 公斤以上的重量，边走边修，遇到低凹地就得切草皮、加高路面。

有的地方没有草皮，战士们要跑出很远的地方去背草皮。战士们的棉衣都已经湿透了，鞋底也磨漏了。晚上全班烧牛粪来烤棉衣。

筑路大军就这样在不到半个月的时间里，把艾家沟打通了。全体修路的人都说："我们凿通了青藏公路的咽喉。"

过了艾家沟，大家来到了一道曲折深邃的峡谷里。这里有一条湍急的河流过，河水虽然不很大，但汽车要渡过去还是不行的。人们只得下到河水里，去修一道过水路面。

当时已经是六七月的天气了，可是在这条河水里，

公路修建与施工

055

他们的腿上都直起鸡皮疙瘩，有时河水中还漂着冰块。当地人说，因为这是布尔汗布达山里流出来的化雪水，而且是从这崎岖、阴暗、不见天日的峡谷里流出来，所以冰凉透骨，大家就都管这条河叫"雪水河"。

公路不仅要跨过这条河，并且要跨过这一道峡谷，峡谷两边崖的高度都在 35 米以上，这个崖的土质是那种比石头还硬的锈砂石。

大家都争先恐后地要求去参加这次大会战，王志明领导的工程队首先抢到了这个任务。接到任务后，王志明立即带着工程队来到了雪水河工地了。

400 多名突击手向着这顽强险恶的冰水和悬崖展开了猛烈的攻击。

原来预计打通雪水河的工程要用 3 个月的时间，所以一开始大家都做了在这里长期工作、生活的准备。营地里竖起了黑板报，帐篷前设了碗盆架，铁工组、木工组都摆好了摊子，砍回红柳自己烧木炭，预备打铁用。

总队部的小赵和张兆祥开玩笑："张老，把你老伴也接来吧，在这山沟里安起家来挺避风。"

张兆祥说："不用再接了，咱们这一大家子人已经够多了。"

这天，人们正在紧张地劳动着，忽然看见大队长宋剑伯急急地走来了。他戴着一副茶色眼镜，撑着一把伞，骑在骆驼上一摇一晃的。

小赵离老远就喊："你们看，宋大队长真像是个算卦先生。"

宋剑伯说:"我就是算卦的,我算着你们住在这里的时间长不了。"

原来,宋剑伯带来了总队部的命令,因为要迎接班禅额尔德尼赴京参加第一届全国人民代表大会,所以必须在"八一"以前通车霍霍西里,那么他们就要争取在20天之内完成雪水河工程。

大家一听3个月的时间缩成20天了,都表示一定要发挥更大的力量,来克服一切困难。

于是,包麟带领的第六工程队也赶来参加这段工程。但是地面不大,人多了更不好展开。所以大家采用用轮班制,人休息工具不休息的办法。

就这样,第四和第五工程队修北面崖,第六工程队修南面崖。大家在雪水河两岸对扎营盘,开展了劳动竞赛,时刻交换着工程中取得的经验,互相传播着各自胜利的消息。

以黄有元为首的先锋组10个人一组挖石,原来1天完成不了1方,但经过他们的钻研,全组最高纪录每天打到了45方。各队都派人到他们组来参观学习。组里的吴天贵、胡天绪、刘普兰、宋长安等也分头到别的组去帮助推广经验。这样迅速带动了整个工程的飞跃前进,最后全组赢得了一面红旗,并集体荣立大功一次。

杨登瀛、杨登福是这个先锋组里最出色的两个突击手,而且他们是亲兄弟,是一起自愿报名参加修路的。

　　杨登瀛在挖石的时候，一天之内把准备好的几把镐都用秃了，他就把钉帐篷的铁镢子拿来当钢钎用，反正是一刻也不能闲着。

　　杨登福挖石方磨得手指和手心都溃烂了，手板肿得有一寸多厚，但他还要用手腕把铁锹撬在膝盖上来挖土。指导员命令他去休息，但他过了一会儿又去捡石子了。

　　杨登福说："我在帐篷里一听见工具响就坐不住。我看见给前面运来修桥的木料挡在这里过不去，但想到给前面修路的同志们运不上去米面和油盐，心里难过得像刀子扎一样，我怎么能休息呢！"

　　指导员王仕禄表扬他们兄弟："真是一对英雄，两条好汉。"

修建雪水河至那赤台段

1954 年 8 月，筑路大军过了雪水河，来到达布增河和舒嘎果勒河汇流后的出口。

大家看到，汹涌的流水顺着山势冲击下来，在一道石崖旁边撞成一条水槽。不知道经过多少年了，这个水槽竟被急流冲刷成了一道深不可测的石谷。

修筑公路必须在这个石谷上架一座桥。这也是这次青藏公路修建工程中唯一的一座新修桥梁。

10 名工兵带着民工已经选好了桥的位置，可是架桥的材料却只有 9 根 9 米长的松木和几根短杂木，而河涧宽度却是 12 米，差了 3 米。

他们除那几根木头之外，接梁也没有材料，甚至连一根螺栓、铁夹板和桥钉也没有。而工期只有 3 天，这桥该怎么架起来呢？

慕生忠对工兵副连长王洪恩说："你们工兵负责把这座桥梁架起来，你看行不行？"

王洪恩回答得很坚决："一定能完成任务。"

邓郁清这时到达了格尔木，慕生忠便迫不及待地亲自送他到建桥工地，并交代邓郁清说："修路我们没有等你到来就先行动工了，可是这座桥就绝非外行所敢尝试。我们没有熟练的架桥工人和应有的施工设备。为争取时间，特地先从兰州运来了9根东北松木和少量钢筋、铅丝，其他一些圆木也是从香日德运来的。"

慕生忠又给邓郁清介绍了王洪恩，要王洪恩一切听邓郁清指挥。

邓郁清来到工程现场，看到前方急需的物资补给无法运送，势必影响全局。

同时，邓郁清发现，引道下口虽然有1米多的余地，如果砌上石台倒可以压缩跨度，但是没有水泥和石灰，附近也找不到一处能打料石的石场。而如果降低桥梁高度，也可能压缩跨度，但是改修两边的引道，石方工程又十分艰巨。

当天，邓郁清一个人坐在深谷边的一块石头上，整整坐了一个下午。晚上，邓郁清饭也不想吃，只是一支接一支地抽烟。

邓郁清让助手小白通知大家明天开会，让大家准备意见，接着便和衣躺在帐篷里的地铺上反复考虑。他想尽了各种办法，又都被他自己推翻了。

第二天一早，邓郁清将大家召集起来集思广益。一位姓郝的石工师傅提出在山涧两边的岩石上打石窝，将立柱插到石窝里，再用立柱撑起9根松木作为桥梁。

邓郁清马上趴在一个木箱上，用铅笔画了桥梁结构草图，并做了仔细的计算，发现这个方案完全可行。

在6月份的最后一天，工兵战士杜光辉、马生荣等，就吊在 20 多米高的空中，在石崖上打起了炮眼。

从民工中挑出的做过木匠、铁匠、石匠的 30 多个人，也都紧张地开始了挖掘桥基的工作。

慕生忠也把行李搬到了这个工地上，住在这里和大家一起修桥。

打铁的时候没有钳子，杨增贵就用铁筋来做。包炸药的时候没有布，杜光辉就撕了自己的衬衣来包。烧铁的炉子没有炭，张鼎权就用红柳根来烧木炭。放炮的时候没有药捻，赵文成就用胶泥来代替。

为了便于在深谷两边的悬崖上工作，他们就先把几根长木横在深谷顶上，再在木头上拴了几根绳子，在绳子上套上木板，这样人就可以骑在木板上打石头了，比用绳子拴住腰吊在空中作业要方便得多。

杜光辉说："咱们一面做工，一面还打秋千呢！"

郭启智在后边也笑着说："我看这应该叫两层楼流水作业法。"

王洪恩担心地对他们说："在那个地方工作千万不要开玩笑，昨天老贺蹬下去一块石头，连个声音也没有听见响，人要出了危险可了不得。"

罗永元领导着木工组，他们这部分的工作是修桥工程的重点，一面要日日夜夜地赶着做工，一面还要随时随地互相研究教徒弟；同时还要从各方面注意节省木料，因为这里每一寸木头，都是从几千公里之外运来的。

所以他们提出的口号是："一个人要当两个人用，一小时要当两小时用，一尺木头要当两尺用。"

当时没有经纬仪，邓郁清和王洪恩就用皮尺按3∶4∶5的比例在引道中心线上画出直角三角形，测出两岸桩位线。

架桥时，每排按5根，每根间距1米的比例架桩。桥桩埋入石窝中的深度为80厘米，桥桩与横梁采用接榫加钉蚂蟥钉。桥桩用铅丝拉住固定埋在桥台后的撬棍上。两桥头加干砌片石作护坡。

邓郁清为了减小挠度，又设计加了托梁和斜撑。在大梁与横梁的结合部位等需要用螺丝的地方，都用截下来的钢筋平弯过来一段，然后把木料钻个窟窿，从底下拉上来，上面用铁锤把它砸平。

3天之后，青藏公路上架起了第一座桥梁。9根松木并排摆在峡谷上，两侧由插到石窝里的立柱撑起，桥桩与横梁用接榫加蚂蟥钉加铅丝固定，桥头用石片作护坡，一个简单得不能再简单的桥成型了。

10辆满载着面粉的大卡车停在桥头准备试车。邓郁清担心出事，坐进了第一辆车的驾驶室，准备过桥。

这时，慕生忠一把将邓郁清从驾驶室里拽了下来，他自己却跳到了车上，然后，探出头来对邓郁清说："这桥是你造的，你不指挥谁指挥？你给我过去，站那头指挥。"

共和国故事·雪域通途

邓郁清明白慕生忠的意思，只好从命。

1辆，2辆，3辆……10辆大卡车终于顺利通过桥梁。邓郁清走到慕生忠面前，说："政委，您的心意我理解，可您是一军主帅，您亲自试车太危险了。"

慕生忠则说："你是咱们唯一的工程师，万一你有个闪失，就再没有第二个人了。"

当10辆运粮的十轮大卡车依次通过以后，慕生忠连声叫好，并亲自把这座桥命名为"天涯桥"。

王洪恩说："我当时看着汽车从桥上轧过去的时候，就好像是从我心上轧过去一样。"

1956年，陈毅从这座桥上走过后，说："有了这座桥，这里就不再是天涯了，就叫昆仑桥吧！"

大家过了天涯桥，又来到了纳赤台修车站。大家觉得这个名字很奇怪，一心想知道这里面的历史典故。

当地人给他们讲："听说在唐朝的时候，文成公主嫁给松赞干布，她从长安起身赴西藏，她带了一尊大铜佛像路过这里，因为长途跋涉兵马死亡，人力不足，而且前面就要过昆仑山，佛像实在无法抬着继续前行了，只得把佛像下面的大台座取下来放在这里，把佛身抬走，所以这地方就叫作'那赤台'。据说那个佛像现在还和文成公主的塑像一起供在拉萨的大昭寺里，称为'觉阿佛像'。传说这是释迦12岁时的肖像，藏人对这个佛像极为尊崇。佛像身上装饰着的珍奇珠宝，全是藏族人献出来的。不过佛座是到西藏以后重新铸造的。"

小赵听了这个故事，就跑来跑去地在周围到处找，心里想着也许能发现一点儿那个佛座的痕迹。

尤忠笑着拉住小赵说："事情已经过去 1300 多年了，这里的地形不知道有过多少变化，你还想找到什么呢?"

修建那赤台至霍霍西里段

　　1954 年 7 月初，筑路队伍离开那赤台，他们遇到了施工以来的第一座山。

　　大家起先就听说过，这座山很高，在低处的山口就已经有海拔 4700 米。它旁边的玉虚峰的海拔竟达到了 6000 多米。格尔木的海拔是 2600 米，距这里仅有 170 公里。

　　大家都感到很惊讶：从格尔木到这个山顶最高处，每走一公里就要向上爬 30 多米，如果从山底下直上山顶，那谁知道是这么高呢？

　　大家一开始都被这些数字唬住了，又听说这里气候恶劣，生物稀少，有些人便沉不住气了。

　　关于山上的气候，早在修路之前，领导先来做过了解，山上并没什么瘴气和邪风，也并没有什么危险可怕。但是这里地势突然增高得太多太快，气压的变化使有些人一下子不能习惯，再加上进山以后，周围高峰矗立，沟道内过于狭窄阴暗，也对空气的流通有所影响；特别是加上人的心理作用，所以个别人到山上就觉得这个地方不舒服，总觉得什么地方不对劲。

　　这时，领导把这些道理给大家讲明白了，并且针对这里的实际情况作了几条规定，让大家在生活上注意防止疾病。

第四工程队负责这座山的工程。队长王得民和指导员王仕禄时时注意着大家的心理变化。虽然大家在动员会上都挺着胸膛提出保证，但是面对摆在面前的这些实际困难，他们觉得还是应该要有充分的估计，才能更有效地去完成任务。

他们把这一段工程分成两部分，第一阶段先修山根下的乱石沟，作为考验，然后第二阶段再突击过山；并决定，要在整个工程计划中特别加强医药卫生和伙食管理。当时指定由郭医生和王仕禄，专门负责掌握以上这两项工作。

7 月 16 日的上午，工程开始了。

大家先来到乱石沟，这是一条阴冷狭窄的沟道，大家发现这里前前后后摆满了大大小小的石头。要把这些冻在地上的大小石头都搬开，公路才能向上爬山。

大家先用十字镐把冻土和石头撬出一段距离，然后再用绳子、铁杠，撬的撬，拉的拉，把石头拉走、搬走了。

事先慕生忠嘱咐他们，可以半天做工半天休息。可是大家在施工中却觉得，这里的气候和冰山并没有想象中那样可怕，完全可以整天工作，甚至还有人偷着晚上去加班工作。

仅仅两天工夫，第四工程队就把 5 公里长的乱石沟修通了。

第二阶段是修过山顶，这就不像在乱石沟里那么简单了。大家发现，山上阴坡的地方全是些不知道有多么深的原始冰层。他们把上面一层沙土铲掉，下面就是坚冰冻土。上午削开了大约半寸深的土，到晚上又冻住了。

大家就这样赤着脚站在冰上往下挖，有的地方要挖下去4米深，然后再从对面山沟里背上石头来往里填。前进的每一尺、每一寸都不容易。

偏偏这时候，高原上的气候又发生了多种变化，一会儿是毒热蒸人的太阳，一会儿是像刀子刮皮似的狂风，一会儿是雨，一会儿是雪，再一会儿又是雹子。下起雹子来，打得人们没处躲，大家只好有的拿铁锹顶在头上，有的把铜锅顶在头上，反正是不回山下帐篷里去，因为天一晴马上还要回来施工。

大家都知道时间是最宝贵的，因为他们时时刻刻记得"8月1日要通车到霍霍西里"这句指示。

马占彪喉咙发炎，肿得说不出话来，但还坚持上山顶劳动。两只手震动得流出了血，血把十字镐的木柄都染红了，而他自己悄悄地把血擦干，继续干活儿，不让别的人看见。

马彦奎由于心脏衰弱，在山上劳动时突然晕倒，但当他吃过药清醒过来以后，马上又从郭医生手里夺过工具来，返回到战斗的人群中去了。

当时大家还面临着一个严重的困难，因为后面天涯桥的工程还没有完全结束，运输汽车过不来，200多名在山上施工干重活的人，粮食的供给暂时断绝了。俗话说"人是铁，饭是钢"，没有饭吃是不行的，然而如果因为没有饭吃就把工程停下来，那就更不行了。

王仕禄负责管伙食，他和经济委员会的几个人商量了一下，决定用打猎来解决断粮的问题。

两位在甘肃西部草原生长起来的回民青年丁成山和马占元首先报名参加打猎。他两人的射击技术是早就出了名的。由他们两个人组成的猎手组放下铁锹，扛起步枪，爬上玉虚峰旁边的雪山给修路的人找食物去了。

两个人第一天出去就打了 2 只野牛、1 只野马、5 只黄羊。他们很高兴，这些猎物少说也有 500 公斤肉，供全队吃两天是不成问题的。

不过两个人无法把这些大东西运回去，只好两个人抬着 1 只羊走回来，准备第二天再派人去搬。谁知道第二天去了一看，那里只剩下兽皮和骨头架子了，原来他们昨天一天的辛劳，却正好给山里的野狼做了一顿丰盛的晚餐。

丁成山和马占元气得不得了，只好再爬上山去继续追踪野兽。他们在以后接连的 4 天之内，共猎获了野牛、野马、野羊 27 只，解决了工程队 6 天的主食供应。

这样，第四工程队便靠吃这许多野味顺利地把公路修过了山。

丁成山高兴地告诉人们："我们这次不但在青藏高原上修出了一条公路，而且还在青藏高原上发现了一个天然肉库。"

大家实际施工仅仅用了三天半的时间，原来山顶上最难的工程，只有很短的一截了。

修路队的张振华用步子量了一下，带着轻松而骄傲的口气说："原来听说多么了不得，其实只用 12 步就跨过来了。"

根据张振华这句话，大家以后就把这座山叫作"十二步山"。

后来，慕生忠的汽车开到了十二步山第一工程队的帐篷前，慕生忠问施工队长马珍："你们没挨饿吧?"

马珍乐呵呵地回答："今天正好 20 天，我们还有 6 天的口粮。"

"为什么?"

"我怕到时你们不来，我们就节俭了一点儿!"

翻过昆仑山口，筑路队伍就进入了高海拔地区，更困难的日子还在后边。

大家过了十二步山就来到了楚玛尔河，这里一直是人迹罕至、烟火绝迹的地区。

大家在当地了解得知，楚玛尔河发源于距错仁德加湖大约 150 公里远的霍霍西里山东麓。这里虽然海拔5000 多米，但地势平缓。一条条干涸的沟谷，一片片风积沙丘，广布在山坡和河畔。

大家站在河边一眼望去，沙海起伏，沙丘像一弯弯的月牙，这就是"新月形沙丘"。沙丘一般高 20 米左右，最高可达 50 米。这无疑是世界上最高的沙丘分布区域了。

虽然楚玛尔河地区的年降水量仅及当曲地区的一半，沿岸沙丘也多，但是它的湖泊却不少，在下游接纳了昆仑山南坡大量的冰雪融水和较多的地下水后，水量也明显增大。

楚玛尔河向东流去，最后折转向南，在当曲河口下游 200 多公里处，汇入通天河。

楚玛尔河流域上游地区属于霍霍西里的一部分，霍霍西里又与新疆的阿尔金、西藏的羌塘相连，这是中国最大的无人区之一，也是中国大型野生兽类动物分布数量最多的地区。

1954 年，西北军区第五工兵团 500 人被调来青藏线投入筑路战斗。他们当时只有两台小型推土机，基本上是人工开挖。

虽然河宽水浅，流水缓慢，但河底泥沙多，车子无法通过，大家用骆驼、牦牛从远方驮来石头，装进麻袋，在水中铺了一条道路让汽车通过。

负责这条河的是第五工程队，指导员韩庆接到总部命令，为了赶快通车，要先修一道过水路面。

第五工程队探清了主流和支流的位置，在支流的地方用麻袋装上石块，铺上几层就可以了。

在主流的地方，他们先用红柳条编成大筐子，然后再把筐子用绳子拉着垂在 1 米多深的水里，再在筐子里填满了石头。

第五工程队就用这样的麻袋和筐子，3天时间在河里铺了一道路面。

修路队的汽车过来了，韩庆让汽车先过一下看看行不行。

青年司机许平很愿意当这个先锋，他立即钻在车头底下检查了一下机件，随即就发动了汽车，对着这个红色的河流，缓缓地驶去。

大家惊奇而又担心地看着这滚动在河水里的汽车，看着这个"水下大桥"上面的"通车典礼"。

水面上每隔几米就竖着一根木杆，像一排电杆似的从北岸伸向南岸，汽车就顺着这一排木杆前进。

因为河水混浊，人们不容易看见水下的石块路面，所以觉得汽车好像浮在水面上颠簸地向前走着一样。

韩庆举着一把铁锹，走在最前面给汽车指示目标。两旁则是第五工程队的全体人员，他们有的扛着工具，有的背着麻绳，有的还抬着石头，他们都泡在河水里，一步不离地跟着汽车，一眼不眨地瞧着汽车。

到水深、水急的地方，工人们就互相挽着手，很多人还过来扶着汽车，好像他们要把汽车抬着过去一样。

他们看见汽车稍有一点儿偏斜或别的动静，马上就拥上来在水里检查和修补路面。

汽车顺利地开到河南岸来了，人们围着汽车，顾不得满身是泥是水，七手八脚地从驾驶室里把许平拉出来，抬得高高得大声喊着："我们胜利了！"

1954年7月，筑路大军来到了五道梁。要征服唐古拉山必先越过五道梁，当地有一句顺口溜说："五道梁，冻死狼，一边阴来一边阳，到了五道梁，哭爹又喊娘。"

大家感觉到，高山反应引起的头痛、晕眩大多从这里开始。对初到西藏的人来说，吃饭、运动都会有一点儿难受。由于高海拔的关系，这里的天气变化莫测，即使在七八月，也会顷刻间满天飞雪。

7月底，公路跨过五道梁，通到了霍霍西里。慕生忠在五道梁立即向彭德怀和中央发出了电报：

> 彭总并转中央，我们的汽车已经开上了霍霍西里，我们正在乘胜前进。

修建霍霍西里至通天河段

1954 年 7 月 30 日，筑路大军按照"'八一'通车霍霍西里"的命令，顺利把公路通车到霍霍西里。

大家在青海省地图上，从西南部分一眼就可以看见"霍霍西里"这个地方的名字。

然而，修青藏公路的人们到这个地方以前，这里却只是一片荒野。

大家看到，眼前是一片起伏不平的大草原，远处屹立着层层叠叠的积雪的山峰，山坡下边的湖水在太阳下闪烁着彩色的光芒，一阵疾风扫过草原，带起一缕缕飞扬着的沙土。

当地老百姓说，这里的确就是霍霍西里，而且这一带方圆百多里的地方统统都叫霍霍西里。

原来，霍霍西里在蒙语里是"绿色的山丘"的意思，在这里是一个广阔的概念。

1954 年 7 月 30 日，公路修到霍霍西里这绿色的大草原来了，6 个工程队也在这里会合了。

他们通力合作，全力修筑，在 80 天的时间里，修了296 公里长的公路。

现在，他们要在这里庆贺胜利的八一建军节，还要在这里举行盛大的欢迎会，欢迎从拉萨远道而来，经过这里去北京参加第一届全国人民代表大会的班禅额尔德尼。

班禅额尔德尼到达霍霍西里的这一天，是这个市镇空前热闹的日子。从西安、兰州和西宁开来了70多辆各式各样的汽车，在人造湖旁的停车场上，整整齐齐地摆了好几排。

从数百里以外赶来参加欢迎会的藏、汉、蒙、哈各族人民的帐篷，像星星一样地分散在湖的周围。一群一群的牦牛、马、骆驼，互相奔逐着散在绿茵茵的草地里，原野上到处升起一缕一缕的青烟。

欢迎会就要开始了，几千人的行列排在新修的公路两侧。

这里有中共中央西北局、西北行政委员会，以及陕西、甘肃、青海等省人民政府派来的代表，有从青藏高原上各处赶来的各族人民，另外还有修筑青藏公路的全体员工。

欢迎会开始了，中国人民解放军西藏军区副政治委员范明陪同班禅额尔德尼下了马，走到欢迎的队伍中间。

双方都互相亲切地敬献哈达，热烈地握手、鼓掌、欢呼，气氛十分热烈。

公路通车霍霍西里后，慕生忠又到北京去面见彭德怀了。

彭德怀十分高兴，对慕生忠说："这次不用再给周总理打报告了，要钱、要人、要车可以在军费和军队里先解决。"

慕生忠提出要 200 万元的拨款，还要 100 辆汽车、1000 名工兵。

彭德怀都很痛快地答应了。

得到彭德怀的支持后，慕生忠满怀信心地回到青藏高原上，带领筑路队伍把青藏公路继续向拉萨推进。

过了八一建军节以后，青藏公路从霍霍西里又迅速地向南伸展。

8 月 10 日以前，公路就跨过了冬布里纳木河。

8 月中旬，修路工地就挺进到隆青吉布山的两面。

这时候正是高原上的雨季。一天之内，雨雪冰雹不知道要下多少次。燃料断绝了，修路队伍只得一天三顿用冷水和炒面吃。第三工程队曾有人把衬衣撕破，用布条点着火，才热了一小缸温水给病人喝。

就在这万分艰苦的时候，忽然传来了一个振奋人心的消息："找到煤炭了！"

最早发现煤田的是王正为，他曾在甘肃省兰州的阿干真煤矿挖过煤。

王正为最初看见这一带土质和山崖的颜色有些不平常，心里就想：在这里要能找出煤来该有多好啊！

这一天，王正为他们进到隆青吉布山区南部的一片盆地里修路。他看见这层地面的颜色更有些特别，又看见河汉冲下的沙子里面有小煤渣，就从一处低凹的地方向下挖。

挖了不到 2 米深，乌黑的煤块就露出来了。

王正为高兴地把铁锹高举起来喊道："有煤了！"

开始人们还不相信，以为他是说着玩的，叫人高兴高兴罢了，但以后证明，这的确是事实。

修路的人们，在海拔 4800 米的隆青吉布山区里，发现了我国第一座最高的煤田。

大家都惊喜地说："我们的祖国有多少丰富的宝藏啊！你需要什么就有什么。你在什么地方需要，什么地方就有！"

修路的工人们都很高兴，表示要给这座山起个漂亮的名字，因为这地方山高风大，又出煤炭，他们就叫它"风火山"。

有一天，修路队打猎组正在风火山以东的一个山坡上休息，他们坐下时就顺手把枪放在地上，临走的时候要去拿枪，却感到枪不容易拿起来了，就像地面上有一种什么力量把枪拉着似的。

大家由此认为：这里地层下面有磁性的矿物存在。有人看着那一带山崖断层的颜色，就猜想这下面一定有铁矿。

慕生忠得知这个地区有煤有铁，就兴致勃勃地写了一首诗：

内部遍地乌层，外表湖山秀丽。

今朝满目荒凉，他日工业基地。

大家就从慕生忠的这首诗中的前两句，各取了一个字，给这个地方取名叫"乌丽"。

得知这里出了煤矿后，工业部派人来这里勘测。

张奉先、吴之骧、唐景汉三位煤矿工程师一到乌丽，就急急地下了车，连帐篷也没有进，就拿着铁锤、铁锹去了煤矿发现地。

他们把弄回来的石头和土块都用小布袋一包一包地装起来，还在布袋上写着密密麻麻的小字和号码。

后来，三位工程师给筑路队的朋友刘五写了一封信：

这里是一座埋藏量很丰富，并且开采很容易的煤田，我们已作了初步的地质调查，并将提出第一步的开拓方案，不久即可进行生产。

乌丽煤田的发现，对供应青藏高原的需要，对繁荣西藏的经济，改善西藏人民的生活，都有着重大的作用。

沿途的人民解放军和民工同志们，这种非凡的创造性的劳动，给我们留下了极深刻的印象。他们不但非常神速地修好了高原公路，还在高原上发现和缔造了这么多丰富的宝藏和美丽的地方。

希望你们赶快把公路修通，我们到拉萨去看你们。

公路修建与施工

筑路大军过了乌丽，就来到了霍霍西里南面附近的沱沱河。

沱沱河原名乌兰木仑河，是万里长江的源头，有1000多米宽，它的下游叫通天河和金沙江。

由于修路工程队被它"套"在这里达40多天，所以开始有人叫它套套河。

工程队之所以被套住不能前进，是由于这里不但河宽流多，而且水深流急。

刚开始，张永福、李景民等骑着马涉水探路，结果连人带马被冲倒卷走，大家追了几里地才把他们救了上来。

接着，有人骑骆驼试着过了几次，却被河底的淤沙深深陷住，骆驼被冲得东倒西歪。

面对滔滔河水，慕生忠的火暴脾气又上来了。

为了尽快探明水情，慕生忠仰头咕咚灌下半瓶烧酒，拿绳子系在腰间，叫人牵住另一头，不顾大家的阻拦，扑通一声跳进河水，向中间探去。

9月的天气，在海拔4700米的沱沱河仍是冰水刺骨。

慕生忠在水中泡了几个小时，不但探出了一条比较好走的河底路，而且弄清了这条河的大体情况：河床宽约1060米，河槽宽280多米，水深15米。

大家讨论，这么宽、这么深的河，要想让汽车开过去，只有两个办法：一是建大桥，这根本不可能；二是等冻冰后再过，这不但等不及，而且也不保险。

慕生忠发动大家想办法。

工程组张炳武提出了修"过水桥"，也叫"水下桥"的方案，得到了大家的赞同和慕生忠的同意。

这个施工方案分两步走，第一步是"导水分流"。就是在上游先筑起一道道堤坝，挖开一条条沟渠，把河水分成许多支流引向别处，以减少主河道的水量，为施工创造条件。

9月4日，张炳武和王德明带领工人在上游约3公里处展开了奋战。他们用羊皮筏子，载着装满石头的麻袋，运到小河里去填。一个麻袋放不住，便用绳子像挽笼头一样，把几个麻袋缠起来往下放。

他们奋战了5天，完成了分流任务，使主河道最深处水位降至1米以上。

第二步，在工兵连副连长王洪恩的组织下，装袋沉石。就是在河里划定一条线路，按一定宽度向水中填石垫底。

马珍带领他的工程队，用骆驼从七八里外运来石块，装进麻袋，沉入水底。

为了把扔下的麻袋摆下垫实，丁成山、傅天德等人，脱光衣服，钻入水下作业，大家都戏称他们为"光屁股潜水兵"。

大家为了把沉重的石头麻袋运到河中间，使用了兰州一带常用的羊皮筏子。

开始筏子老被水打翻，他们便在两边用长绳牵引着，旁边用人顶着，终于获得了成功。

大家在水里都站不稳，于是丁成山想出了一个办法：用绳子拴在腰里，让岸上的人拉着在水里施工。

腿冻僵了，上岸跑一会儿，或者用皮大衣裹着暖一会儿，喝上一口烧酒，就又轮换着下到水里。大家如果发现有人被水冲倒了，就赶紧扶起来继续工作。

有一次，张国民被水冲走了，水上和水下的人都赶紧去追，可是急浪把人裹着飞快地流去，一直过了快半个钟头，大家才在下游很远的地方找到他。

大家把张国民捞上来的时候，他已经不省人事了。但他打完针刚醒过来，就爬起来又要下水去。

还有一次，载着石头包的羊皮筏子在深水中突然翻倒了，把李志民、王守明一下压在河底里。大家费了很大劲儿也拉不起来，很多人都急得放声大哭。

等到大家把李志民、王守明救出来以后，郭医生在帐篷里日夜守护着他们。李志民在半夜说梦话，还拉着郭医生的手喊着："快运石头啊！"

李发春向人们讲他的腿在下河过程中的 3 次变化。他说：

> 我开始下水，出来时两腿就像穿了紫红色的长筒袜子。过几天以后，我再从水里出来，两条腿就像两颗大茄子一样成了紫酱色。再过

几天，腿上又脱皮又起红点，还不断裂口子淌血。这时从水里出来，两条腿就像青杠松树一样了。

水下石路从两边向中间慢慢合龙了。

10月10日这天，大家经过45天的战斗，填进5000多麻袋石头，水下石桥终于修成了。

桥宽5米，长400米，桥淹在水下，离水面约三四十厘米。这样既不会阻挡水流，又不会淹没汽车，桥两边插上标杆做标志，使车不致走偏。

汽车在人们的欢呼声中顺利地通过水下石桥，而水仅仅湿了轮胎的一小半。50多辆载重大卡车，载着修路的工兵战士，载着供应修路用的物资，载着开山用的大机器，沿着水面上摆动的小红旗，浩浩荡荡地开到沱沱河的南岸。

汽车连的杨启运在为首的一辆汽车上写了4个字：开到拉萨。

10月初旬，大家来到沱沱河以南40多公里处，在这里，青藏公路和长江源的通天河交汇了。

通天河全长800多公里，又叫穆鲁乌苏河，当地的藏胞把它叫作"白河"，它是长江源头的第四条河流。

爱看故事的人说，《西游记》中的沙僧就是被天庭贬到此处的。《西游记》中描述的通天河水势浩大，暗流湍急，大家眼前的通天河也是又深又大。当地人说，只能等到 11 月结冰后汽车才能从冰桥上通过。

这里三分之二的山区处在被外国探险家断言为"人类根本无法生存"的地带。当时藏北高原是无人区，高寒、缺氧，正是三九寒天，地冻如石硬，但地势平缓，而且有人、畜行进的便道。

在气候多变的情况下，施工有相当大的困难。气候变化剧烈，风雪无测，有时只能劳动半天；工人没有雨具和必要的劳保用品，风大、雪大就要收工或原地停工。

慕生忠亲临工地，和大家为了按时完成任务，动脑筋，想办法，克服了一个又一个的困难，既没有影响工程进度，又没有发生任何事故，按原定计划提前 4 天完成了通车任务。

修建通天河至黑河段

　　1954 年 9 月，当第一、第四工程队奋战沱沱河时，其他几个工程队在任启明和邓郁清等人的带领下，已先后于 8 月上中旬开到了青藏公路的制高点唐古拉山区，于 9 月上旬展开了唐古拉攻坚战。

　　当地人对唐古拉山的比喻说："巴颜喀拉山高，高不到唐古拉山的山腰。"

　　唐古拉山山口，海拔 5300 米，是青藏公路必须经过的关口，这段路能否及时修通也是公路能否及时通到拉萨的关键。

　　当地牧人幽默地告诉他们：这里每年只刮一次风，从年初一刮到年三十；这里每年只有一个季节，天天是寒冬。

　　任启明在探路时，亲眼看到一群大鸟想飞过唐古拉去，却被大风刮得跌落在地。为此，他曾赋诗一首：

　　　　唐古拉山非等闲，岭上积雪不知年。

　　　　峰峦入云厉风紧，飞鸟欲越展翅难。

　　但慕生忠告诉大家：马步芳的队伍算什么，雄鹰算什么？我们共产党领导的队伍能钻地、能上天，一定要把唐古拉踩在脚下。

慕生忠提出一个口号：

苦战一个月，冲过唐古拉。

施工队刚到山上，唐古拉就给他们来了个下马威。半夜里，呼啸的大风把许多帐篷刮上了天，致使不少班组只好露营雪山，人冻得整夜展不开腿，不少人的头发和胡须上都冻上了白霜。有的人干脆不睡了，跑出去在工地上抢大锤，这一方面可以驱寒，一方面也为了赶进度。

9月10日的中午，大家在险坡上砍下了第一块冻在地皮下的石块。3个工程队的工人们同时来到了这个世界屋脊的峰顶上，不管别人把这里传说得如何危险和艰苦，他们都抢着要到最困难的地段上去做工，并且干起活儿来还都异常地带劲儿。

工程队的孙奎一到唐古拉山，就对着挡路的石头说："你们别想再在这里逞凶霸道了，我们马上要降服你们。"在飘着雪花的寒风里，孙奎同样穿着单衣领着全突击队挖石头。

在搬运石头的时候，两个人抬着石头往孙奎的身上放，但孙奎一个人背着石头还能快步跑。

天气像发疟疾一样，一会儿冷一会儿热，一会儿雪一会儿雹子，孙奎的手和脚都裂了很多口子，但不管天上下什么，他都在泥里、水里坚持干活儿。

有时雪和雨下得太厉害了，孙奎就把旧棉衣或者麻袋顶在头上继续干。有时白天实在下得不能干了，孙奎也和大家晚上再去补上。

孙奎常鼓励大家说："公路已经进到西藏了，青藏公路快要完成了，再不努力就没有立功的机会了。"

生更是王廷杰队的队员，也是全队唯一的蒙古族人，语言的不通丝毫不影响他对劳动的积极和努力。在唐古拉的工地上，生更听不懂组长的分配，就干活儿挑最重的，背石头挑最大的。

生更不能对大家说心里的话，就用笑来表示自己的高兴，用唱来表示自己的愉快。

大家都喜欢和生更在一起，都称生更是大力士。

在一天早晨，生更正在流着冰凌的河里来回背着沉重的修路器材，他的一只脚突然冻粘在水边的一块石头上。生更用劲一抽腿，结果脚踝上的一块肉皮被粘在石头上了，鲜红的血顺着他的脚染红了白色的冰屑。

但是，生更把围在脖子上的手巾往脚上一缠，又继续去背东西了。

一天早晨，李云醒来以后，觉得帐篷里比平常暖和，当时觉得帐篷里还很暗，就以为离天亮还早，心想还可以让大家再睡一会儿。

但过了一会儿，李云在地铺上一翻身，碰了帐篷一下，忽然唰啦一声，外面马上射进一道光线来。他心里顿时一惊，以为是帐篷被撕裂了。他爬起来仔细一看，原来天已经大亮了，帐篷被一层厚厚的雪盖起来了，刚才的响声就是雪块从帐篷上滚下去时发出的声音。

李云一边穿衣服起床，一边担心着今天的工程一定要耽误了。但当他搬开帐篷的门帘向外看的时候，李云发现，工人们早都已经争先恐后地从雪里爬出来，扛着工具，踏着没膝盖的白雪，奔向山顶上的工地去了。

大家到了工地上，先要把雪扫开才能动工，地皮也已经冻得挖不动了，有些地方还得用干牛粪烧火把冻土烘得融化了，然后才能挖土修路。

10月间，筑路队伍开上了唐古拉山。唐古拉山上空气含氧量只有海平面的一半，不要说是甩大锤修路，就是站着说话都非常吃力。

经过了4个月的艰苦征战，队员们已经是筋疲力尽了。长期的营养不良和缺氧使得他们大多染上了各种各样的高原病：嘴唇破裂、鼻孔流血、指甲凹陷、手指红肿，头炸裂似的疼痛。

在最初的一段时间里，由于沱沱河还没有通车，粮食、物资运不上来，吃的东西发生了短缺。

炒面虽然不缺，但没有牛粪，生不起来火时，队员们就只能吃雪拌炒面。

为了保持体力完成施工任务，有的工程队就抓高原上那特有的又肥又大的地老鼠来吃；还有的找到山上的湖泊，在水里捕无鳞鱼来填肚子。

慕生忠深为大家的精神所感动，派人带着银元到山下的藏民部落里去购买青稞和牛羊，以解燃眉之急。后来，大家又发现了去年运粮队因骆驼死亡而丢弃在路边的面粉，这些都为解决施工队的给养帮了大忙。

　　唐古拉山的土石都冻得梆硬，一镐下去只有一个白点。从5月到现在，经过几个月的奋战，每个人手中那两尺长的十字镐磨得只剩下了拳头大，铁锹则磨成了月牙铲，使很大劲儿才能挖下一块。

　　稀薄的空气使人稍微一动便气喘吁吁，心口里像塞了一堆乱草，憋闷得慌。为此，有的工人便干脆丢掉工具，跪在地上刨石砟，抠土块，一双手冻麻木了还在干。

　　慕生忠一看着急了，跑到一个正在打锤的民工旁，一把夺过大锤，叫民工掌好钢钎，自己发疯似的抢锤砸下去，一下，两下，三下……

　　在缺氧的高山上，这么玩命是要出问题的，几个人劝慕生忠住手，但他根本不听。

　　打到三十几下时，大家喊来了任启明。任启明拉下脸劝他，他仍不理睬。直打到了80下，打得火星飞溅、顽石破裂，这时有人从背后抱住了他的胳膊，他才停了下来，吼道："怕什么，死，也要头朝拉萨！"

　　慕生忠的精神震撼了不少人的心。"死，也要头朝拉萨"成为大家共同的口号。有人在山壁上写下了这样的誓言：

举起铁锤山打战，脸上红光映雪山，

为了藏胞得幸福，誓把公路修上天！

这一天，在海拔 5300 米的雪山上，他们使公路延伸了 2300 多米。

为了不至于窝工，他们除两个队主攻山头外，其余力量分布在南北两坡施工。

大军在唐古拉山上整整鏖战了 40 天，10 月 20 日这天，唐古拉山口终于被打通了。筑路英雄用秃秃的铁镐、铁锹在世界屋脊奏响了一曲响彻云霄的胜利凯歌。

慕生忠立即向军委和党中央发报，报告了这一重大喜讯，声称这可能是世界上最高的一段路。

这天晚上，慕生忠坐在烛光前面，读着刚从北京发来的电报：

慕生忠同志，欣悉你们在克服种种艰巨困难后，已打通举世闻名之唐古拉山，甚慰，谨对全体筑路同志们表示慰问，并望继续努力，争取早日完成通车拉萨的光荣任务。

慕生忠为表示喜悦的心情，激动地吟成小诗一首：

唐古拉山风云，汽车飞轮漫滚，

今日镐锹在手，铲平世界屋顶。

接着，慕生忠发出命令：向藏北重镇黑河进军！

10 月下旬，西北军区支援的 100 辆卡车载着工兵二团千名指战员终于赶来了。两路大军会合，进度大大加快。

黑河是被称为羌塘地区的中心城市，羌塘地区平均海拔 4500 米以上，称为世界屋脊那曲。它位于西藏自治区北部，东依昌都，南与拉萨、林芝、日喀则相连，西接阿里，北与新疆、青海毗邻，处于青藏高原腹心地带。区域面积 42 万平方公里，约占西藏自治区总面积的三分之一。

胜利在望，大家情绪异常高涨，仅仅 20 天，公路就向前延伸了 300 公里到达了黑河。

11 月 16 日，在黑河举行了隆重的通车典礼。

这一天，黑河周围数百里的男女牧民，很多都穿起节日的服装，乘着快马，带着帐篷赶来参加大会。

街上一位藏族老妈妈名叫羊吉，她天不亮就起来换上新衣服，把院里院外打扫干净，先在家里向毛泽东像献上洁白的哈达，把酥油灯点亮，给铜杯都装上清水。然后她在院子中心的石台上燃起松烟，把国旗升在屋顶上，并且在国旗上也挂了哈达。这时候太阳出来了，她就吆喝着邻居们到郊外去迎接汽车队。

排成几里长的汽车队浩浩荡荡地驶向黑河。

羌塘草原上的阳光，今天仿佛分外地光明和暖；终年不断的狂风，这时候也像被马达的吼声给吓跑了。明朗的天空中飘着几朵云。

为首的悬有毛泽东巨像的彩车一走进黑河的街口就被人流包围起来了。人们争先恐后地上去把哈达和彩色的花朵挂在汽车上，青年们绕着汽车热情奔放地欢呼、歌唱起来。

汽车穿过街道，两面夹道欢呼的人，都不断把哈达和花朵丢向汽车。下丹宫寺院的僧众，在他们经堂的屋顶上，也奏起隆重的音乐，表示欢迎。

西藏地方政府驻黑河的总督土丹江秋在大会上讲话说：

汽车来了，是幸福来了，是从北京射来的一道光芒，这是毛主席的光芒。我们要感谢毛主席，感谢人民解放军。

黑河市民代表派达拉也在大会上说：

汽车来了，我们藏族人民的生活将会更加美好，这都是党中央对我们的爱抚和关怀。

筑路的人民解放军代表易治仁向大会保证说：

为了藏族人民的幸福，我们将战胜一切困

难，争取早日把公路修到拉萨。

　　交通部和青海省都派来了慰问团，两个慰问团的几十辆大小汽车都是从新修的青藏公路上开过来的。他们对慕生忠和青藏高原的筑路工人表示了由衷的敬佩和赞誉。

修建黑河至羊八井段

慕生忠带领青藏公路修筑大军出黑河以后，进展比较快，每天以几十公里的速度前进着，离开黑河之后再往南走 164 公里便到达当雄。当雄地处西藏中部，属冈底斯山脉。

"当雄"是藏语，是"选择出来的好地方"的意思，距离拉萨 160 公里，平均海拔 4200 多米，向来有"拉萨北大门"之称，可以说是羌塘草原的缩影。

这里地势相对来说比较平坦，再加上河流的滋润，草场规模较大，是羌塘大草原的主要组成部分。

当雄是个小镇，很多人来到当雄就是为了去朝拜圣湖纳木错。翻过海拔 5150 米的那根拉山口后，就见蓝天之下，群山之间，赫然出现了一大片蓝色的水域，犹如一块硕大的而温润的蓝宝石，那么纯净，那么圣洁，令人会顾不上高海拔呼吸的急促惊叫起来。

眼前这蓝色而广阔的湖泊就是纳木错，湖的南岸那雄伟壮丽的雪山就是念青唐古拉山。

从黑河才过了 10 天，就往南共推进了 200 公里，顺利穿过当雄后，抵达羊八井。

羊八井是当雄河和羊八井湖汇流后冲刷出来的一道石峡。

羊八井位于拉萨西北部约70公里的地方，是青藏公路要通过的咽喉要道。

但千万年来，这里被一座15公里长的石山堵塞，满眼巨石林立，犬牙交错。

原来仅有的一条小道是藏胞用干牛粪把石头一块块烧烫，然后立即浇上冷水，一点点炸出来的。不知经过了多少岁月，流了多少血汗，才炸出了一条勉强可以通过牦牛的崎岖小道。

当大家看到远远的山下有雾气缭绕时，就知道这里一定就是羊八井了。

这里是海拔4300米的一片开阔盆地。附近山峰连绵起伏，终年冰封雪盖，在银光闪闪的冰川间，空气似乎都会冻结，但在盆地中间，分布有规模宏大的喷泉与间歇喷泉、温泉、热泉、沸泉、热水湖等。温泉矿物质含量高，浸泡洗浴可治疗多种疾病。

这中间，筑路大军遇到的最大障碍就是羊八井大石峡。

12月初，慕生忠调一个工程队，挤过石峡小道，从这里开始往拉萨修。他把劈开大石峡的任务，交给工兵团来完成。

慕生忠给工兵团下了死命令：12月下旬前，我们一定要通车拉萨，你们大家必须在15天内，给我啃下这块硬骨头！

大家知道，从羊八井到拉萨只剩下50多公里，大石峡挡住了去路。深山陡峭的石头崖，崖底下是一条不大的小河流，沟最宽处只有七八米，弯弯曲曲，满沟是大大小小的石块，作业特别困难，危险性很大，主要得依靠爆破。

爆破手们哪一天都得爆五六十炮。工人们下班吃饭，他们就去装药，到了安全地带，就开始爆破，遇上哑炮，还得排除。

为了保证康藏公路和青藏公路同时通车拉萨，西藏军区从康藏公路调来了工兵八团一个营从南往北修，西北军区工兵二团和工程队从北往南修，南北夹击，合力劈开石峡。

大家来到石峡前，只见耸立的山峰，夹着一条深深的涧水；悬崖绝壁上，垒满了大大小小的石头，好像卧着一只只巨大的猛虎。

12月3日早晨，沿着石峡10公里长的工地同时开工。这是一支机械化部队，钻机在岩石上钻孔，火星子冒起老高。

而在工程兵一二七支队一个班当日的《筑路报》上，登载着战士们写下的豪言壮语：

> 唐古拉山世界脊，英雄跨过易如飞。
> 今朝巨石敢挡路，何须工兵三分力。
>
> 人民工兵劈石峡，幸福大道通拉萨。

光明照耀新西藏，祖国高原开鲜花。

工兵团是一支特别能战斗的老部队，他们在 15 公里大石峡摆开战场，打眼放炮，劈山炸石，昼夜不息，隆隆炮声不绝于耳。

七连三排的王德孝抡起 8 公斤多的铁锤，一口气打了 612 下，要不是钢钎打秃了还不罢手。

机械营的一部气压机平常可带 4 个风钻，到这里后由于空气稀薄只能带两个风钻，这不但加大了工作量，而且由于天寒，钻杆冻得时常转不动，大家只好一边用喷灯烤一边钻，不让工程受影响。

部队坚持昼夜作业，后半夜，气温降低到零下十几摄氏度，空气压缩机气管的接头常常被冻住，战士只好又用喷火器烤，保证机械正常运转。

在筑路工兵的拼搏和民工的支援下，仅用了 12 天时间，他们就打通了这座沉睡千万年的羊八井大石峡，使公路从中间通过。

12 月 12 日的中午，太阳正当顶，温暖的光芒洒进石峡里，微风吹动着遍布在山岩上的小树丛。

这时候，一队汽车从石峡里缓缓地行驶而来。为首的一辆是中华人民共和国交通部青藏公路慰问组的汽车，车上悬着一面大红旗，上面写着："向修筑青藏公路的全体同志致敬。"

慰问组组长是全国公路总局副局长王一帆，他步行在车队的前面，向排列在公路两边热烈鼓掌的战士们举手答礼，并不断地跑过去和战士们亲热地握手。

另外，青海省青藏公路慰问组的代表谢高峰也不断和战士们难舍难分地亲切交谈。

大家在羊八井峡口的山壁上刻下了这样一首诗：

举起铁锤山打战，脸上红光映草原。

为了藏胞得幸福，要把公路修上天。

修建羊八井至拉萨段

大家过了羊八井以后，马上就有一种豁然开朗的感觉。辽阔美丽的拉萨河谷平原渐渐展现在人们的眼前，汽车向前走着，似乎把人们带进一个世外桃源里来了。

大家这半年多以来，一直在高原上劳动着，已经过惯了荒野生活，现在突然看见眼前到处都是墙壁粉刷得非常洁白的村庄，到处都是绿绿的农田，村民们愉快地在打谷场上劳动着，四周不断传来熟悉而亲切的鸡鸣狗叫。这些意想不到的美景，使修路的人们不禁惊奇得有些不知所措了。

大家都高兴地说："这个美丽的拉萨河谷，真像是一座天然的大公园。"

住在这里的藏胞们看见盼望已久的汽车开到了他们门前，无论男女老少都高兴得喊了起来。好多人骑着马奔走相告。

穿着彩色衣服的人群排在公路边向着汽车和修路的人们欢呼。

正在打场的姑娘们举着手里的木叉停在半空中看着；跟着汽车飞跑着的青年小伙子们把帽子扔向空中。

汽车每到一个村口，都有妇女、小孩端着酥油茶递给修路的人们；每到一个村口，都有藏胞虔诚地把哈达献在汽车上。

汽车队到了饶布西西卡村，藏民们围着汽车舍不得走开。驾驶员让他们坐上汽车走了一段路，他们更是快乐得喜出望外。

有个叫格沙卓尕的老太太，叫驾驶员给她身上洒点儿汽油，她说："我回去好叫村里的人闻一下，合作商店不知道我真坐过解放军的汽车了。"

还有个手里摇着转经轮的老大爷，走到跟前摸着汽车说："我见不上毛主席，现在看见毛主席的汽车，总算一辈子不白活了。"

汽车到了东嘎村，这里离拉萨只有十多公里路了，西藏地方政府特派了几位官员来迎接修路部队。

拉萨西部农场的场长高慎之，把他们在温床和暖室里培育好的各种新鲜蔬菜，送来给修路部队。

东嘎村附近的藏族同胞们，更是热情地接待着这些来自远方的客人。他们把村前村后都专门修理了，好让汽车通过。

有个名叫巴柱的青年，捧了一碗热茶向修路战士说："同志，这茶是用拉萨河的水烧的，请你们喝吧！"战士则拿出一包香烟送给巴柱，并且对他说："谢谢你的拉萨河水，我送你一包香烟，这是从北京来的。"说完话，两个青年人紧紧地抱在一起，都流出了愉快的眼泪。

已经在康藏高原上修了 3 年多公路的康藏公路修筑部队，听说修青藏公路的战友们也快要把公路修到拉萨

共和国故事·雪域通途

了，就提出："用实际行动来迎接自己的战友。"

　　他们忘记了一切艰苦和劳累，拿起他们的修路工具，日夜兼程地从拉萨渡河过来，在青藏公路的最后一端上施工抢修。在很短的时间内，他们就突击修成了 15 公里的宽阔大道。

　　12 月 16 日的下午，就在东噶村的东口上，从南往北修康藏公路的人们忽然看见由北往南也来了修路的部队，大家都高兴地喊起来："修青藏公路的老大哥部队来了！"

　　这两支在祖国高原上创造奇迹的筑路大军，今天在美丽的拉萨河畔胜利会师了。人们都高兴得不知道该说什么话好，有的人忘记丢掉手里的工具就跑过来握手，有的还没有放下背包就被高高地抬了起来。

　　大家相互亲切地问好，相互赠送着纪念品。这个对那个说："你收下我的木碗吧，这是我从雀儿山、二郎山那边背来的。"另一个说："我的熊皮送给你铺吧，这是我从唐古拉山带来的。"

　　青藏部队的人还没有到齐，康藏部队的战友们早就给他们搭好了帐篷，烧好了水，做好了饭菜。

　　而青藏部队的战友们却谁也不愿进帐篷，马上拿起工具，发动了气压机的马达，扛起了风钻，和从康藏来的战友们一起，又到工地上并肩战斗起来。

　　慕生忠高兴地坐着他的吉普车驶过 15 公里的大石峡，直奔古城拉萨。

　　1954 年 12 月 15 日下午，慕生忠一路风尘一路喜悦地到达布达拉宫下，成为有史以来第一个坐着汽车进拉萨的人。

慕生忠一路都感慨地说："我们在修筑青藏公路中，步步都得到胜利，也时时都感到温暖。"

这不但象征着青藏公路已经全线贯通了，也向人们表明了这样一个事实：慕生忠等人用7个月零4天的时间修通了青海格尔木至西藏拉萨的1283公里的公路，加上西宁到格尔木的800多公里，共2100多公里的青藏公路可以通车了！

正如交通部慰问团团长王一帆在通车典礼上讲的："青藏公路以它的路程长、工程量大、工期短、花钱少等特点，在世界公路史上写下了光辉的一页。"

四、 公路通车与启用

● 毛泽东为康藏、青藏两条公路题词："庆贺康藏、青藏两公路的通车，巩固各民族人民的团结，建设祖国！"

● 慕生忠说："高山大水挡不住我们，饥饿寒冷也挡不住我们，雨雪冰雹更挡不住我们，瘴气疾病还是挡不住我们……这条公路的修成，可以说是与大自然战斗胜利的结果。"

● 彭德怀说："好，这一带的交通空白被填补了，你们干得好！"

青藏公路举行通车典礼

1954 年 12 月 25 日，世界屋脊上的古城拉萨终于迎来了举行"康藏、青藏公路通车典礼大会"的时刻。

布达拉宫前的广场上坐满了部队、藏胞等各界代表，共有 3 万多人。

从康藏、青藏两条公路开来的 350 多辆汽车缓缓进入布达拉宫前的广场，送来了筑路的功臣、模范和战士、技工、民工的代表。

两路大军会合了，人们热烈欢呼，大家紧紧地拥抱，亲切地握手。广场充溢着雄壮的乐曲，人们跳起欢乐的舞蹈，唱响嘹亮的歌声。这一切都和激动的热泪交织着，融合着，激荡着。

10 时 40 分和 11 时 15 分，康藏公路和青藏公路分别剪彩。走到彩门前参加剪彩的有张国华、陈明义、穰明德、慕生忠等。

张国华将军在音乐和鞭炮声中，先后剪落横在康藏、青藏两条公路上的彩绸。

车队徐徐穿过高耸的彩色牌坊，开向欢呼的人群。

汽车上的筑路负责干部、功臣、模范们，和欢迎的群众互相招手致意。

鼓掌声、欢呼声和歌唱声响成一片，同时鞭炮齐鸣，化妆的文艺队伍翩翩起舞。人们纷纷向彩车上的毛泽东像和筑路负责干部、功臣、模范敬献哈达和花束。雪白的哈达、鲜红的花束和彩色纸屑，把汽车装饰得五彩缤纷。

拉萨三大寺喇嘛的乐队、藏族青年的歌舞队和西藏民间剧团的艺人们，都表演着他们最精彩的节目，欢迎汽车的到来。

打扮得像花朵一样的几十个藏族儿童爬上汽车，把花束献给筑路的功臣、模范们。

谭冠三、张国华、王一帆、朵噶·彭措饶杰、台吉·德来绕登、丹嘉、夏扎·甘登班觉等各方面的代表人物，先后在通车典礼大会上讲话。

政协第二届全国委员会第一次全体会议代表们向康藏、青藏公路全体筑路人员发来贺电：

在中央人民政府和毛主席的正确领导下，在全国各族人民特别是藏族人民的大力支援下，你们以无比英勇的战斗精神，战胜了雪山草地、冰川流沙、悬崖绝壁等困难艰险，终于获得了康藏、青藏公路修筑工程的伟大胜利。

这两条公路的修成，不仅对伟大祖国的经济建设和民族团结起着重大作用，而且对西藏兄弟民族政治、经济和文化的发展，创造了有利条件。我们全体会议谨向你们致以热烈的祝贺和恳切的慰问！

全国人民代表大会民族委员会的贺电说：

　　康藏、青藏两公路的通车，对发展西藏地区的政治、经济、文化建设事业，增强民族团结，都有重大意义。这两条公路的建成是全体筑路部队指战员、技工人员和西藏人民的共同努力及全国人民的支援所获得的伟大成就。

国家民族事务委员会的贺电中说：

　　康藏、青藏两公路的修成，对于西藏人民政治、经济、文化的发展有着重大的意义。你们在工作中高度发挥了爱国主义和民族团结的精神。

交通部和交通政治部在发来的贺电中说：

　　康藏、青藏两公路全线通车开辟了祖国内地和西藏地方间的交通大道，对于巩固各民族间及藏族人民间的团结具有重大意义；对于促进西藏人民和沿线各民族人民经济文化的发展具有极重大的作用。

班禅额尔德尼向大会发来贺电，说：

这两条公路的修成和正式通车是我们西藏有史以来的头一次，它所经历的艰险和困难，不仅仅在中国，而且就在全世界来说也是稀有的。这两条公路的修成表现了我们各族人民亲密团结的伟大力量；通过这两条公路将使我们藏族人民和全国各兄弟民族更加团结；同时也为我们在各兄弟民族的支持和帮助下建设繁荣幸福的生活，提供了有利条件和增加了胜利的信心。

12 月 25 日，青藏公路通车典礼同时在西宁举行。

毛泽东授予筑路人员锦旗

1955年2月2日上午，毛泽东授予康藏、青藏两条公路筑路人员锦旗典礼大会在拉萨布达拉宫前的人民广场隆重举行。

锦旗上是毛泽东为康藏、青藏两条公路的题词：

庆贺康藏、青藏两公路的通车，巩固各民族人民的团结，建设祖国！

西藏军区司令员张国华、政治委员谭冠三，西康省人民委员会慰问康藏、青藏公路筑路人员代表阿旺嘉措，西藏地方政府筑路委员会代理主任桑颇，前康藏公路西段筑路副指挥长腾巴，西藏地方政府官员，西藏军区驻拉萨部队和机关工作人员，修筑康藏、青藏公路的职工等共3000多人参加了大会。

张国华代表毛泽东主席授锦旗。

康藏公路修建司令部司令员陈明义代表全体筑路人员接受了锦旗。

这时，乐队齐奏，全场鼓掌欢呼，感谢毛泽东主席及党中央对西藏人民的关怀！

陈明义在会上说：

我们衷心感谢毛主席的关怀，西藏军区全体指战员和全体筑路职工，要切实遵循毛主席的指示，和藏族人民团结一起，努力建设祖国边疆，并继续做好康藏公路的改善和养护工作。

　　西康省人民委员会慰问代表阿旺嘉措在授旗典礼大会上，同时向康藏、青藏公路筑路人员进行慰问，并向西藏军区和康藏、青藏公路筑路领导机关赠旗。

领导及知名人士盛赞通车

1954年12月25日，青藏公路胜利通车。

在当日和接下来的几天中，党和国家及地方领导人、社会各界知名人士，都纷纷著文论述和赞颂这一发生在中国"世界屋脊"上的震惊中外的伟大奇迹。

贺龙以十分激动的心情写下了《帮助藏族人民长期建设西藏》的文章。

他写道：

修筑在世界屋脊上的康藏公路和青藏公路，同时胜利地通车了。这样气魄雄伟、艰巨而浩大的工程，在我国历史上是亘古未有的创举，在世界也是罕有的奇迹。从此，祖国的心脏——北京与遥远的康藏高原更加紧密地连接起来了，该使我们如何的兴奋和自豪！

班禅额尔德尼·确吉坚赞也欣然提笔写下《藏族人民的又一大喜事》，表达他对青藏、康藏公路通车的激动心情。

他写道：

我们藏族人民对这样的帮助是非常需要的，

是我们要想由穷走到富、由落后走到先进所决不可缺少的……这两条公路都是在中国共产党、毛主席和各兄弟民族尤其是汉民族的亲切帮助下，在英勇的筑路人民解放军和工程技术人员们、汉藏民工们，历尽艰险，共同以忘我的劳动修出来的……随着这两条公路的通车，西藏的面貌会日新月异……总之，这两条公路给我们带来的好处是说不完的。

西藏军区司令员张国华在他的一篇文章《在胜利的基础上继续前进》中说：

今后随着两大公路干线的通车，摆在我们面前的建设任务将更为艰苦和繁重。我们必须在现有的胜利基础上，更好地加强民族团结，忠实地执行和平协议，学习筑路部队的艰苦奋斗、战胜自然的精神，发扬爱国主义的精神，全心全意为人民服务，为祖国社会主义建设、为建设祖国边疆、为建设新西藏而奋斗到底。

慕生忠在他的文章《时时都有胜利，处处感到温暖》中，自豪地抒发了建设青藏公路成功的喜悦：

高山大水挡不住我们，饥饿寒冷也挡不住

我们，雨雪冰雹更挡不住我们，瘴气疾病还是挡不住我们。我们终于在海拔4000多米至5000多米的青藏高原上通过了1000多里荒无人烟的地区，修成了一条通向祖国边疆的平坦大道。这条公路的修成，可以说是与大自然战斗胜利的结果。

范明在他写的《青藏公路》中说道：

为了保证常年顺畅通车和担负更大的任务，全体员工和指战员同志，仍应不骄不躁地虚心向修筑康藏公路的老大哥学习，吸收高级的修路技术和先进经验，再接再厉，巩固成绩，继续提高公路质量，为青藏公路标准化而斗争。

青藏公路的通车，将使内地的日用必需品源源供给藏族人民，而高原上腾格里海的天然硼砂和黑河、羌塘、唐古拉山南北麓的皮毛和其他土产，将可运往内地畅销，对于巩固国防，加强西藏与祖国内地的经济与文化联系，将要起着巨大的作用。

喜饶嘉措在他的文章《从青藏公路展望青藏高原》中提道：

青藏公路通车了，这个高原地区的人们，谁都知道这条公路是团结幸福的根子。因而谁都愿意像保护自己的眼珠子一样地保护这条公路。我们仅在筑路时努力尽到了合作扶摇的责任，我们更应当坚持不懈地做好今后的养路工作。我们将会见到这条公路像太阳的光一样把幸福和繁荣射到整个青藏高原，让青藏高原的各族人民在毛泽东时代生活得更加幸福和繁荣。

　　另外，撰文祝贺和纪念这段开拓边疆的创业史的，还有章伯钧、潘琪、穰明德、桑吉悦希、夏克刀登等。

中央领导亲切接见慕生忠

慕生忠带领全体筑路官兵和民工在拉萨参加了盛大的两路通车典礼。

慕生忠望着毛泽东赠送给筑路人员的锦旗，心中充满了无限豪情。几乎与此同时，慕生忠又接到了齐天然发来的电报："敦格公路已打通。"

慕生忠心中欣喜异常：这下，我们不愁粮食、物资运不进来了！建设西藏、巩固西南边防我们有了可靠的交通保障！

慕生忠和任启明率领着这支队伍，仅仅用了7个月零4天的时间，使青藏公路格尔木至拉萨段1283公里的公路全线贯通。

与此同时，由齐天然带队修筑的自甘肃敦煌至格尔木的公路敦格线也全线贯通，与青藏线共同保障了内地到西藏的运输。

青藏公路的修成，完成了慕生忠的一大心愿，青藏公路在经济上、政治上和军事上显示的战略意义也受到中央的高度重视。

慕生忠去北京开会时，彭德怀一见面，就拉住他一双粗糙的手，故意问："你真的把青藏公路修通了？"

慕生忠回答："我是坐着汽车进拉萨，又坐着汽车出

112

西藏回到兰州的!"接着他又补充了一句:"不光这,从甘肃敦煌到格尔木的公路也被我们打通了!"

原来,青藏公路通过唐古拉山以后,中央军委就电令慕生忠,要求他们在向南开辟青藏公路的同时,向北再开出一条从格尔木到敦煌的公路。这条路要经过柴达木腹地,穿越戈壁,还要通过上百里的盐湖地带。

慕生忠当即向齐天然交代了这个任务,他依旧是这样的口气:"我没有钱、没有人,只有要求。我把路修到拉萨的那一天,你的路也必须修到格尔木!"

齐天然说:"好吧,我修到哪里修不动了,就死在哪儿,钉个橛子做记号,你再派人接着修。"

齐天然只带走了 4 个人,经西宁到兰州,找了一辆破旧的汽车,从当地招募了 40 个民工,冒着刺骨的寒风,以边修边探的方式开始了前无古人的开拓。

他们没有炸药,遇到凹地,就用挖坑埋石的办法铺平道路;遇到遮天的芦苇,就用仅有的十几把铁锹在泥沼中砍路前进;路修筑到距格尔木 70 公里的地方,闻名世界的察尔汗盐湖就横在了面前。

当时古今中外还没有在盐湖上筑路的历史,人们对盐湖的认识也是知之甚少。人们不知道盐能不能作为筑路的材料,更不知道厚达数米的盐盖能不能经得住汽车的碾轧。

齐天然发现盐盖坚硬平整,但却布满溶洞,凸凹不平。他想到了制作豆腐的原理,用卤水当"黏合剂"去填补溶洞，整修道路。

齐天然没有想到，这无奈中的发明竟使公路顺利地通过了 31 公里的盐湖湖面。

1954 年 12 月 22 日，就在青藏公路修到拉萨后的第三天，只用了 40 天，齐天然带领 42 人，修通了从敦煌到格尔木的公路，全长 580 公里。

彭德怀从不轻易表扬人，听到这里时，他站在地图前比画了一下说："好，这一带的交通空白被填补了，你们干得好！"

慕生忠向彭德怀汇报说，他准备在公路沿线，重点是格尔木一带办农场，开砖场，办煤矿，建医院、学校和百货公司，使格尔木变成一个大城市，并邀请彭德怀方便时去格尔木视察。彭德怀高兴地答应了。

两人一谈谈到了午饭时间，彭总高兴地留慕生忠共进午餐，并特意拿出一瓶人参酒招待他，让他好好补补身子。

毛泽东也在自己家里高兴地接见了慕生忠。

慕生忠向毛泽东汇报了修筑青藏公路的情况，并如数家珍地讲了他一边修路一边为沿途取的 18 个地名：雪水河、天涯桥、西大滩、不冻泉、五道梁、开心岭……

听到这里，毛泽东问："为什么叫开心岭？"

慕生忠回答："那一天沱沱河打通了，给养问题解决了，路修到这座岭上一看，十分平直，不用多绕弯，我们非常开心，就给这里起名开心岭！"

毛泽东听后说："好，开心岭这个名字好，很有革命战士的乐观胸怀呢！"

接着，根据毛泽东的指示，由邓小平主持有关部门开会，决定拨巨款对青藏公路进行改造、提高。

通车典礼结束后，慕生忠带上他的人马，浩浩荡荡回师格尔木。

筑路大军回到格尔木之后，慕生忠宣布，青藏公路已经修好，休假3个月。民工回家后不想来的，可以不来了。

几个月过去了，回老家探亲的人们又回到了格尔木，这回已有人携妻带子，要定居在格尔木了。

慕生忠问他们为什么又回来，朴实的人们这样说："自己养的娃儿还是自己亲，舍不得离开青藏公路和格尔木……"

于是，望柳庄、十八间窑洞、格尔木农场在荒凉的戈壁滩上平地而起。慕生忠带领着这支经历了艰难困苦的铁军，要把格尔木构建成他心目中花园般美丽的城市。

慕生忠还写了一首诗总结了整个青藏公路的修筑过程：

　　　　打破人间神秘，
　　　　戳穿探险家的胡语乱言！
　　　　开辟布尔汗布，
　　　　战斗在天涯桥边！

工作在空气稀薄的高原，

劳动在冰雪交加的雪线，

劈开昆仑山，战胜唐古拉，

踏破千里雪，走尽长江水，

通过怒江上游的黑河，

打开冈底斯山的石峡，

为了祖国的建设，

把公路修到拉萨。

1955年，青藏45路管理局在格尔木成立。刚担任原兰州军区后勤部政治委员的慕生忠又被点将担任青藏公路管理局局长、党委书记，青海省委常委，柴达木工作委员会常委和中国人民解放军青藏公路运输指挥部总指挥。

慕生忠的老搭档任启明任副局长。

慕生忠高兴地来到格尔木上任，此时他已经被授予少将军衔，他说："我不想当什么官，要干就干青藏路，就干格尔木！"

慕生忠把修筑青藏公路的有功之臣也都集中在了自己的麾下，如齐天然担任了敦格公路总段段长，工程师邓郁清担任公路处副处长，张兆祥担任运输处处长，吴藻昆担任监理所所长等。公路沿线分别设立了养路段、道班和运输站等。

他们对当初修路时的一些急造工程如天涯桥、沱沱河水下桥都进行了提高或重建。如 1956 年由邓郁清主持在沱沱河上修成了长 240 米的一座木结构大桥，1958 年又修成了一座钢筋水泥桥，成为真正的万里长江第一桥。

格尔木在慕生忠的经营下，农场、砖瓦厂、修理厂、商店、医院、学校、书店、邮局、银行、秦腔剧团及剧院等一个个建起来了，地窝子、土坯房、帐篷城连成了一片，几个运输队及人民解放军的几个汽车团在这里安了家，成天人来人往，车轮滚滚，到处一片热气腾腾。

1958 年 10 月，国防部长彭德怀元帅要来格尔木视察。慕生忠知道，要是没有彭老总的全力支持，就没有今天的青藏公路。

为了迎接彭老总的到来，他在格尔木赶建了一座小二层楼房，上下各有三四间，楼梯建在外面，青砖白灰墙，十分简陋，但它却是格尔木当时最早的一座楼房。

慕生忠在格尔木北边的盐湖机场迎候彭德怀。彭德怀走下飞机，举目四望，好一会儿才高兴地说："这机场真够气派的！"

慕生忠洋洋得意地说："这是我们花 13 万元建的盐湖机场，跑道 13 公里长呢，多大的飞机也能起降！"

彭德怀坐车来到了格尔木。他并没有住那座专为他修的二层楼，却住进了慕生忠那延安式的砖拱窑洞里。

高原的开发者和修路工人听说彭德怀来了，都想见一见这声名赫赫的元帅。

彭德怀在住处亲切地接见了他们，并对大家说：

你们干了一件了不起的大事，在世界屋脊上修通了一条公路，在柴达木的戈壁滩上建起了一座新城，这里是大有希望的！感谢你们为祖国建设作出的贡献！

第二天，彭德怀在慕生忠的陪同下，乘车南行上了青藏公路，过雪水河，越昆仑桥，直上海拔4800米的昆仑山口。

这时，彭德怀和慕生忠特意研究了运输保障问题。

慕生忠越发感到修筑青藏公路的战略意义了。

本书主要参考资料

《国史全鉴》本书编委会编 团结出版社

《共和国五十年珍贵档案》中央档案馆编 中国档案
　　出版社

《中国现代史资料选辑》彭明主编 中国人民大学出
　　版社

《铁道兵回忆史料》中国人民解放军历史资料丛书编
　　审委员会编 解放军出版社

《纪念川藏青藏公路通车三十周年文献集（一至三
　　卷)》纪念川藏青藏公路通车三十周年筹委会 西
　　藏自治区交通厅文献组编 西藏人民出版社

《铁道兵不了情》宋绍明主编 解放军文艺出版社

《进军世界屋脊》王五著 新文艺出版社

《邓小平与中国铁路》孙连捷著 中共中央党校出
　　版社